W0222061

Über dieses Buch In seinem letzten Theaterstück ›Der Rattenfänger‹ greift Carl Zuckmayer die bekannte Volkssage vom Rattenfänger von Hameln auf, gibt ihr aber eine aktuelle, überzeugende, dramatisch lebendige Interpretation: Kein Verführer lockt mit Schalmeiklängen zum Auszug aus Hameln, sondern die Armen der hinteren Stadt und die Kinder empören sich gegen die ökonomischen Manipulationen und den Verfall der Moral des Patriziats in der vorderen Stadt. Der Aufbruch ins Ungewisse erscheint als Flucht vor der Verderbtheit einer macht- und genußsüchtigen Generation. Der Autor steht auf der Seite der Jungen, der Unterdrückten, auf der Seite der Liebenden und auf der Seite derjenigen, die das Risiko ›Freiheit‹ auf sich zu nehmen bereit sind.

›Der Rattenfänger‹ wurde am 22. Februar 1975 in Zürich uraufgeführt. In der Regie von Leopold Lindtberg spielte Helmut Lohner den Titelhelden, Bunting genannt.

Der Autor Carl Zuckmayer, 1896 in Nackenheim am Rhein geboren, wuchs in Mainz auf. Nach einem naturwissenschaftlichen Studium in Frankfurt und Heidelberg arbeitete er zunächst als Dramaturg in Kiel, München und Berlin. Seit dem ›Fröhlichen Weinberg‹, für den er den Kleist-Preis erhielt, wurde er zu einem der meistgespielten Dramatiker Deutschlands. Im Filmbereich wurde er als Drehbuchautor erfolgreich, u. a. schrieb er das Buch zu ›Der blaue Engel‹ für Josef von Sternheim. 1933 erhielt Zuckmayer Aufführungsverbot in Deutschland. Er übersiedelte 1938 in die Schweiz und emigrierte ein Jahr später über Kuba in die USA. Seit 1958 lebte er in Saas-Fee in der Schweiz, wo er am 18. 1. 1977 starb.

Carl Zuckmayer wurde der Ehrendoktor der Universität Bonn verliehen, er erhielt den Büchner-Preis (1929), den Goethe-Preis der Stadt Frankfurt (1952) und den Heinrich Heine-Preis (1972).

Im Fischer Taschenbuch Verlag erschienen außerdem: ›Als wär's ein Stück von mir‹ (Bd. 1049), ›Aufruf zum Leben. Porträts und Zeugnisse aus bewegten Zeiten‹ (Bd. 5214), ›Die Fastnachtsbeichte‹ (Bd. 1599), ›Der fröhliche Weinberg / Schinderhannes‹ (Bd. 7007), ›Der Hauptmann von Köpenick‹ (Bd. 7002), ›Salwàre oder Die Magdalena von Bozen‹ (Bd. 12701), ›Der Seelenbräu‹ (Bd. 9306), ›Des Teufels General‹ (Bd. 7019).

Carl Zuckmayer
Der Rattenfänger

Eine Fabel

Fischer
Taschenbuch
Verlag

Theater
Eine Reihe des Fischer Taschenbuch Verlags

43.–44. Tausend: Oktober 1995

Veröffentlicht im Fischer Taschenbuch Verlag GmbH,
Frankfurt am Main, Februar 1975

Lizenzausgabe mit freundlicher Genehmigung
der S. Fischer Verlag GmbH, Frankfurt am Main
© 1975 S. Fischer Verlag GmbH, Frankfurt am Main
Aufführungs- und Senderechte:
S. Fischer Verlag GmbH, Frankfurt am Main
Gesamtherstellung: Clausen & Bosse, Leck
Printed in Germany
ISBN 3-596-27114-2

Gedruckt auf chlor- und säurefreiem Papier

Der Rattenfänger

Personarium

DAS GELICHTER DER HINTEREN STADT: *Alte Soldaten, jetzt Taglöhner, Bettler, Ungewisse*

HUTZELBEIN

KÖTERINCK

GRINDKOPP

EULENZWITSCH

SCHLITZBAUCH

LAPPERJAN

SCHNUDEL, *der Wirt zu den ›Drei Kugeln‹*

DER HOSTIENBÄCKER

DER KLEINE HENKER

RIKKE, *seine Ziehtochter*

die Rotzbuben, Handlanger und Arbeitslose

KNORZ

LUTZE

KNIPPEL

HENNING

KUNROT

DAS PATRIZIAT DER VORDEREN STADT: *Handelsherrn, Stadträte, Beamte, Geistlichkeit*

GRUELHOT, *Mühlenbesitzer und Stadtregent*

VON EMMERN, *Stadtrichter*

VON DER CAMPEN, *Stadtkämmerer*

VOM FELDE, *Wachkommandant*

STENEKEN, *der Speckschwartenkönig*

SCADELANT, *der Roggenherzog*

SENEWOLTE, *der Holzbaron*

WERENGIST, *Stromvogt und Kielmeister*

HENRICUS GUELFICUS IMMENSIS *(der Gewaltige), Stiftsprobst*

LUDGERUS HAMELONIS HUMILIS *(der Demütige), Dekan und Weihbischof* die Geistliche

DIVANA COELESTINA, *Gruelhots Frau, Tochter des Grafen von Everstein*

STELLAMARIE
COELESTIN
} *ihre Kinder, Zwillinge, sechzehnjährig*

ELKEN VAN LÜDE, *ihre Kammerfrau, verwitwet*

JOHANNES VAN LÜDE, *deren Sohn, fünfzehnjährig, gelähmt*

BRUNOLD
HEIDELORE
WISBERT
GUDULA
} *Spätkinder des Grafen von Everstein mit einer Maurin, zwischen vierzehn und neunzehn Jahren*

STINA, *ein blindes Mädchen, Tochter des Speckschwartenkönigs*

HINRICH, *ein taubstummer Knabe*

Die Brunswyker Landsknechte

Jugendliche und Kinder aus der vorderen und hinteren Stadt

DER BUNTING

Ort: Hameln an der Weser
Zeit: 15. bis 26. Juni 1284

Für das Theater

Die Bühne muß für das ganze Stück so gebaut und eingerichtet sein, daß die Schauplätze sämtlicher Szenen gleichzeitig vorhanden sind.

Umbauten zwischen den Szenen kommen nicht in Frage. Die Einheit des in zwei Teile gegliederten Spiels ist unter allen Umständen zu wahren.

Es kann von Beleuchtungswechsel, verschiedenen Spielflächen, offenen Verwandlungen oder technischen Mitteln, je nach Möglichkeiten, Gebrauch gemacht werden, vielleicht auch von Projektionen oder Prospekten.

Doch sollte die Szenerie der Stadt und ihrer Umgebung, wenn überhaupt, nicht malerisch gezeigt werden, also keinerlei Butzenscheibenromantik, sondern eher verblichen oder nur umrißhaft. In jedem Fall sparsame bis primitive Bühnengestaltung, keine gedeckten Innenräume, nur die notwendigsten Requisiten, aber alle Spielszenen im klaren Licht.

Zu den Kostümen:

Nichts aus dem historischen Fundus. Dies ist eine Fabel, keine Historie, und die Kleidung der Personen soll fabelhaft sein, in Armut oder Reichtum, wobei für die entsprechenden Gestalten und Anlässe starke, leuchtende Farben am Platze sind.

Für die Schauspieler:

Auch bei gefühlsbetonten Szenen wird nicht gehaucht oder geflüstert. Das Publikum hat ein Recht zu hören, was gesagt wird.

C. Z.

Erste Sequenz

I.

Gesprochener Text, während die Bühne sich aufhellt.

Die Stadt ist zweigeteilt. Die *vordere* Stadt – um den Dom, die Sankt-Gertraudis-Kirche, das Klosterstift und die Propstei gebaut – ist mit Wachttürmen und Schutzmauern bewehrt. Dort gibt es gerade Straßen, mit Kopfstein gepflastert, stattliche Bürgerhäuser aus Holz oder Stein mit Schieferdächern und bemessene Plätze. Auch gibt es, noch im Stadtschutz, doch hinter der Mauer, eine Judengasse mit Kramgewölben, Umschlagplatz für mancherlei Geschäfte der Handelsherrn, sowie eine Reihe von öffentlichen Häusern, Badstuben genannt, die im Schutzbann des Frauenklosters liegen.

In der *hinteren* Stadt nur krumme Gassen, gestampfte Lehmwege und verstreute Hütten. Sie zieht sich zum Fluß und geht ins Schifferviertel über, das an den Stromhafen grenzt und an die Großfischerei, weiter aufwärts an Mühlenwerke und Lagerschuppen. Doch gibt es dort ein Wirtshaus, einstöckig, aus gebranntem Lehm und Sandstein, mit Stroh gedeckt. Sein Zeichen: drei plumpe Kugeln, an Eisenketten von einem Balken über dem Eingang baumelnd. Davor ein paar Holzbänke im Freien.

Aus der vorderen Stadt läuten die Ave-Glocken zum Abend. Langsam umschreitet die Spießwache die Mauern und bezieht Posten an den Toren.

II.

Spät abends, von Osten her, zieht der Bunting in eine fremde Stadt. Es ist Mitte Juni, es sind die längsten Tage des Jahres, es dunkelt spät. Die Stadt ist umdunstet, als liege sie unter Wasser. Er kommt am Koppenberg vorbei, auch Calvari genannt, einem flachen Hügel, auf dem Richtblock, Galgen und Rad stehen. Er hält sich dort nicht auf. Das östliche Stadttor ist von einer Wache besetzt, die er umgeht. Er wendet sich zum Fluß hinunter, spuckt in die Weser und gelangt durchs Schifferviertel in die Gassen und Straßen, aus deren Häusern vereinzelter Lichtschimmer fällt.

Sein buntes Gewand ist nicht ›mittelalterlich‹, eher wie das eines Hippie, doch schon recht abgetragen. In seinem Gürtel, einem roten Strick, steckt die Holzflöte. Er geht barfuß. Während er durch die verlassene Stadt schlendert, singt er, mehr sprechend, mit einem freundlich hinterhältigen Tonfall vor sich hin:

»Das Lied vom verschlagenen Mann«

BUNTING

In diese Stadt verschlagen,
In der ich nichts verloren hab,
Kommt es mich an zu fragen:
Was sucht ein Mann in einer Stadt,
In der er nichts verloren hat?
Was kann er da erreichen?
Sucht er ein Bett, sucht er ein Grab?
Es riecht hier sehr nach Leichen.
Es schwimmt etwas den Strom hinab,
Daran sind Kopf und Glieder ab –
Das ist kein gutes Zeichen.

In diese Stadt verschlagen,
In der ich nichts zu suchen hab,
Möcht ich den Henker fragen,
Ob er für mich nicht Arbeit hat?

Ich könnt das Beil ihm tragen,
Das Holz zum Galgen schlagen,
Könnt henken mal an seiner Statt,
Wenn er zuviel getrunken hat,
Ich will den Wein ihm schenken!
Ich schaufle auch des Sünders Grab
Und zwick ihm noch die Ohrring ab –
Wenn sie mich selbst nicht henken.

In diese Stadt verschlagen,
Darin so schöne Häuser stehn,
Muß ich den Nachtwind fragen:
Was hör ich da im Winde wehn?
Hör ich die Glocke schlagen?
Hör ich das Käuzlein klagen?
Hör ich Geschrei von einem Kind?
Was pfeift hier durch die Gassen?
Ich kann die Stimmen nicht verstehn,
Die vor mir her wie Schatten gehn,
So denk ich mir – es ist der Wind,
Der pfeift und kann's nicht lassen.

In diese Stadt verschlagen,
In der es nichts zu beißen gibt,
Will ich die Weiber fragen:
Ist eine hier, die einen liebt?
Sie braucht's mir nur zu sagen.
Dann spiel ich ihr zum Tanzen auf
Und spiel ihr noch ins Bett hinauf,
Und legt sie noch drei Kreuzer zu,
Dann bring ich selber sie zur Ruh,
Sie wird sich nicht beklagen.
In diese Stadt verschlagen,
Weißgott was ich hier tu –

Er ist an die Wirtshaustür gelangt, darüber eine Laterne und drei Kugeln hängen. Er pocht, aber die Funzel geht aus. Niemand öffnet. Er gähnt, trollt sich davon.

III.

Im Morgengrauen, noch bevor es zur Frühmesse läutet, verläßt ein Zug von Chorknaben und Klosterschülern das Ostertor, um die Stadt nach Norden und Westen hin in einem Bittgang zu umschreiten. Gleichzeitig verläßt ein Zug von Jungfrauen und Novizen das westliche Tor und begibt sich auf den gleichen Umgang über Süden nach Osten. Beide Züge begegnen sich in der hinteren Stadt, so daß ihr Gesang sich überschneidet. Sie werden dort von Gassenkindern umlagert, die ihnen folgen.

Die Prozession der Knaben wird von einem Mönch in schwarzer Kutte, die der Mädchen von einer buckligen Nonne geleitet. Dem Knabenzug voran geht Coelestin, dem Mädchenzug Stellamarie, die Zwillingskinder des Stadtregenten Gruelhot. Beide mit langen Locken und beide sehr schön, zeigen sie eine verwirrende Ähnlichkeit. Auch die Spätkinder des Grafen von Everstein mit einer Maurin: Brunold, Heidelore, Wisbert und Gudula sind unter den Bittgängern. Sie sind dunkelhaarig und von etwas dunklerer Hautfarbe. Die Teilnehmer beider Züge sind durchweg zwischen 12 und 16 bis 18 Jahre alt. Dem Knabenzug folgt als letzter, mühsam an Krücken hinkend, der 15jährige Stiftsschüler Johannes van Lüde. Den Mädchenzug beschließt die blinde Stina, etwa 13jährig, die von dem Knaben Hinrich, einem gleichaltrigen Taubstummen, geführt wird.

Hinter einer Haus- oder Mauerecke verborgen, beobachtet der Bunting die Prozession.

CHOR DER KNABEN *in gregorianischem Satz*

A fulgure et tempestatibus
Libera Nos Domine
A Pestilencia et Morbis Atrocibus
Libera Nos Domine
A culicibus muribus atque famine
Libera Nos Domine
Libera Nos a Malo

Dona Nobis Pacem
Defensor Noster Unus
In Sanctissima Trinitate
Tibi Gloria
Tibi Gloria
De Aeternitate
In Aeternitatem
Amen.

CHOR DER MÄDCHEN *gleichzeitig*

Sancta Maria
Virgo Immaculata
Mater dei
Ancilla Domini
Regina Coeli
Te Matrem Omnium
Laudamus Praedicamus
Infantes Filiae Tuae Innocentes
Tamen in culpa Natae
Clamantes in tenebris
Ora pro Nobis
Ora pro Nobis
Virgo Benedicta Sancta
Amen.

Während sich die beiden Züge begegnen, scheinbar ohne voneinander Notiz zu nehmen, und die Gesänge sich, kaum merklich anschwellend, vermischen, haben sich die Gassenkinder zusammengerottet, umtanzen sie und kreischen hinter ihnen her.

GASSENKINDER

Ene dene duzmaneh,
Kriwwele krawwele Mäusezeh,
Ratten, Wanzen, Läuse, Flöh,
Sorgenbrot, Hungersnot,
Ohnebrot, Mausetot.
Höh Höh Höh!

Sie schmeißen Dreck nach den verschwindenden Bittgängern Höh Höh Höh Höh Höh Höh!

Der Bunting hat in seinem Versteck die Flöte erhoben, stimmt eine schrille Tanzmelodie an.

GASSENKINDER *tobend*

Ene dene duzmaneh,
Heh Heh Heh Heh – *Ihr Tanz und ihr Geschrei werden immer wilder.*

BUNTING *springt plötzlich aus seinem Versteck auf die Kinder zu* Bööööööhh! *Schneidet eine wüste Grimasse.*

Die Gassenkinder schreien, stieben auseinander, verschwinden. Bunting steckt die Flöte weg, lacht leise.

IV.

Vor dem Wirtshaus zu den ›Drei Kugeln‹ treffen sich am Abend die alten Soldaten und anderes Gelichter. Sie sind nicht wirklich alt, aber früh verharscht und verwittert. Als junge Männer haben sie einen Krieg mitgemacht, eine Schlacht verloren, waren in Gefangenschaft, mußten Zwangsarbeit leisten, kamen spät zurück und haben das meiste vergessen. Aber sie leben noch, und da ihnen sonst nichts geblieben ist, erinnern sie sich gern ihrer Taten, an die sie mit der Zeit sogar glauben. Sie leben durchweg im Dreck, einige von Bettelei und Abfallstochern, andere als Taglöhner oder in niederen Diensten der Stadt. Sie sehen heruntergekommen und beschädigt aus, es gibt da Einauge, Narbengesicht, Krummhals, Wasserbauch und Ähnliches. Auch ein paar junge Kerle treiben sich herum, die verkommen, verwildert, unterernährt und bedrohlich wirken. Einige der Älteren hocken schon auf den Bänken oder Holzklötzen, andere kommen allmählich dazu. Die Wirtshaustür ist geschlossen.

Nur der Hostienbäcker und der Kleine Henker scheinen besser gestellt. Der Hostienbäcker ist fett wie eine Fleischmade, mit rundem, mehlblassem Gesicht und roten Augen. Der Kleine Henker, eine zarte Gestalt in gewalkter Joppe, Leinenhemd, langen Hosen und Zugstiefeln, wirkt gesetzt und bürgerlich gediegen.

Auch wenn es dann Schnaps gibt, kommt keine Kneipenstimmung auf – keinerlei Jan Steen oder Brueghel. Es liegt etwas in der Luft, nichts Gutes.

Die abgebrochenen Sätze werden nicht weitergemurmelt oder -gebrummt, sie hören einfach auf.

KLEINER HENKER Es will nicht dunkel werden in so einer Juninacht. Nicht wirklich dunkel.

GRINDKOPP Es wird schon dunkel, aber kurz.

KLEINER HENKER Ja, kurz und das ist gut.

GRINDKOPP Wozu soll das gut sein?

KLEINER HENKER Weil im Dunkeln – da kann geschehen, was verboten ist, und im Finstern geht um, was nicht sein darf.

HOSTIENBÄCKER *trällernd* Ritzratz Ritzratz bei der Nacht.

KLEINER HENKER Bschd Bschd. Das ist verboten.

SCHLITZBAUCH Und ich tu es am hellerlichten Tag, sag ich dir, so oft ich eine erwisch.

KLEINER HENKER Und wenn sie dich erwischen, ich meine – die Obrigkeit?

SCHLITZBAUCH Zum Teufel mit deiner Obrigkeit – wer tut uns denn obrigkeiten, hier in der hinteren Stadt, das tun die Ratten, die sind unsere Obrigkeit, und man soll sie totschlagen, die eine wie die andere, allesamt.

HOSTIENBÄCKER Ritzratz Juchheh bei der Nacht.

KLEINER HENKER Maulhalten, Zahnverschluß. Es ist verboten, und ihr wißt es so gut wie ich.

HUTZELBEIN Verboten, das Ratzenschlagen, da kann man uns gleich das Fressen verbieten und das Kacken, wenn uns die Pestschnauzen schon die Kruste vom Maul weg und das Hemd vom Leibe –

HOSTIENBÄCKER *boshaft trällernd* – und die Hose dazu und die Strümp und die Schuh und das Kind in der Truh und da gibt's keine Ruh – Ritzratz Juchheh bei der Nacht.

ANDERE *Hutzelbein, Lapperjan, Schlitzbauch, Grindkopp fast stimmlos* Ritzratz Ritzratz bei der Nacht.

KLEINER HENKER Maulhalten, Zahnverschluß. Davon plärrt man nicht, davon quärrt man nicht, davon spricht man nicht.

SCHLITZBAUCH Mach uns das Maul voll, dann halten wir's. Ruf den Wirt, alter Hanfstrick, laß was auffahren, du hast es.

KLEINER HENKER Wenn du mich anschaust, was man bei deinem Schielauge nicht wissen kann, so hast du dich in der Anrede vergriffen. Auf so was, da bin ich taub.

HUTZELBEIN Gib einen aus, Schweißfresser, du kriegst ja, für jeden Hals.

KLEINER HENKER Kein Geschäft heutzutage, kein Umsatz.

HOSTIENBÄCKER Denn wo nichts ist, kann der Dieb nicht stehlen –

KLEINER HENKER Und überhaupt, wie komm ich dazu, wenn man mir solche Namen – da bin ich taub.

KÖTERINCK *kommt mit einem zerrissenen Sack über die Gasse, haut an die verschlossene Wirtshaustür* Schnudel, verdammt, warum macht er nicht auf heute, ich brauch was. Dahier der Körnersack, der war noch prall ums Schummern, alles was ich dies Jahr ausgedroschen, verdamm mich, warum hab ich's nicht gleich in die Mühlen – *Pocht wieder* Schnudel!

GRINDKOPP In den Mühlen, da hat der Gruelhot, weiß ich von meinem Sohn, der Gesell ist beim Bollerschmied, hat der Gruelhot eiserne Gitter jetzt und Maschen so eng, da kommt kein Schwanz durch und keine Schnauze.

HUTZELBEIN Da hat er gut verbieten – aber weshalb, frag ich, weshalb?

HOSTIENBÄCKER *lacht* Frag die Wanze, weshalb sie Blut saugt.

KÖTERINCK Schnudel! Warum riegelst du? Will der die Ratten nicht herein lassen oder nicht hinaus?

HOSTIENBÄCKER Die kommen durchs Ofenrohr, und aus dem Abtritt.

KLEINER HENKER Maulhalten, Zahnverschluß. Man spricht nicht davon.

SCHNUDEL *öffnet einen Spalt, stellt einen Steinkrug vor die Tür* Teurer geworden, sechs Batzen der Krug, legt das Geld auf die Schwelle. *Schließt rasch wieder, riegelt.*

EULENZWITSCH *gerade dazu gekommen, mit Fistelstimme* Teurer geworden, teurer geworden, Schweinerei!

KÖTERINCK Hat der eine Leich dadrinnen oder pflöckt er die Magd?

GRINDKOPP Sechs Batzen – wer hat denn so viel in der Tasche?

SCHLITZBAUCH *dreht seine Taschen heraus* Sechs Löcher, da sind sie durchgefallen.

HUTZELBEIN Wo soll er denn hernehmen zum Brennen das Korn und die Gerste, wenn die Felder kahlgefressen und die Scheuern leer?

KLEINER HENKER Bschd Bschd. Drei Batzen geb ich dazu, wer gibt die andern?

GRINDKOPP Gib her. *Nimmt das Geld, steckt es ein* Die kann ich brauchen, und dem Wirt bleiben wir schuldig. *Nimmt den Krug, er geht herum.*

SCHLITZBAUCH Schuldig gelebt ist besser wie durstig gestorben. *Trinkt*

HOSTIENBÄCKER Hungrig gelebt, mußt du sagen. Wer hat denn noch Brot heute, um seinen Bälgern das Maul zu stopfen? Schau sie an, die Jammersäcke, nichts als Rattendreck. Packt euch am Hintern, was habt ihr noch in der Hose?

EULENZWITSCH Und wo hast du deinen Speck her, Hostienbäkker? Wo hat denn der seinen –

HOSTIENBÄCKER *wichtig* Das ist kein Speck, was ich habe, das ist krankhaft. Krankhaft, verstehst du? Kommt von der Nachtarbeit in der Hitze, und überhaupt – ich bin schon krankhaft geboren!

LAPPERJAN Sind wir alle.

KLEINER HENKER Hast aber ein Privileg. Ein Pri-vi-le-gi-um.

HOSTIENBÄCKER Und was hast du?

KLEINER HENKER Ich? Eine Bestallung. Jawohl, eine Bestallung. Wo kein anderer, weil sie unehrlich heißt – nur ich, aus Pflichtgefühl, das ist kein Privileg. Aber die Hostien backen, für die ganze Propstei und alle Hauskapellen, hundert Messen am Tag pro hundert Seelen, die Wegzehrung nicht gerechnet!

HOSTIENBÄCKER Von der Hostie wird kein Pfaffe fett, ich weiß, was drin ist. Aber wer hat schon einen mageren gesehn?

LAPPERJAHN *zahnlos* Doch, unsern Herrn Dekan, den guten Herrn Ludger.

HOSTIENBÄCKER Ist alt und krank wie du, nur nicht so eiterkrätzig.

KLEINER HENKER Und von wem hast du das Privileg? Von wem, bitte?

HOSTIENBÄCKER Wenn du meinst: vom Gruelhot, so wird er wissen, warum.

KLEINER HENKER Und wirst du wissen, wofür.

HOSTIENBÄCKER Aber ich hänge keinen. Und dem Gruelhot, dem Stadtregenten, dem hab ich's gesagt. So geht's nicht weiter, hab ich ihm gesagt, mit seiner Schandverordnung. Denn wer muß bezahlen, hinterher?

KLEINER HENKER Was sein muß, muß sein.

HOSTIENBÄCKER Wer nichts hat, muß bezahlen, und wer hat, der kriegt noch dazu, das steht schon in der Bibel. Aber daß ein Ratz mehr wert ist als ein Mann, das steht nicht in der Bibel, das ist neu.

KLEINER HENKER Das sind so Sprüche, die kennt man.

HOSTIENBÄCKER *mit erhobener Stimme* Denn daß der Ratz schädlich ist, das weiß man. Doch daß es Leute gibt, die sich des Schadens freun und sich einen Nutz draus machen, das weiß man nicht!

KLEINER HENKER Und braucht nicht zu wissen, was man nicht weiß, denn davon spricht man nicht in der vorderen Stadt und davon soll man nicht in der hinteren, ich hab euch gesagt, es ist verboten, und was verboten ist, das Schlechte, das ist gut!

HOSTIENBÄCKER Gut, was verboten ist, das ist ein Evangelium – halt eine Predigt, Kleiner, stellt ihn auf die Bank!

HUTZELBEIN Eine Narrenpredigt! Halt eine Narrenpredigt!

Kleiner Henker wird in die Mitte gezerrt und auf eine Bank gestellt.

SCHLITZBAUCH Im Namen des Beils und des Galgens und der Mäus und der Ratzen – brenn ab!

KLEINER HENKER Item – was verboten ist, das ist gut, denn was verboten ist, das weiß man, da nimmt man sich in acht. Was nicht verboten ist, da weiß man nie, da kennt man sich nicht aus, da kann man daneben treten, und da liegt man drin! Denn es gibt ja auch Sachen, die nicht verboten sind, aber auch nicht erlaubt!

HOSTIENBÄCKER Das Zwacken und Brennen zum Beispiel, wenn du da mal einen Falschen erwischst, der gar nicht gemeint war, dann wirst du selber –

KLEINER HENKER Drum lob ich mir, was verboten ist! Denn da weiß man Bescheid!

HOSTIENBÄCKER Und was ist erlaubt, zum Beispiel?

KLEINER HENKER Das Kindermachen, zum Beispiel, wenn man ein angetrautes Weib dafür hat, das kannst du ihr besorgen, immerzu, denn von sieben sterben vier, bevor sie Kleider brauchen, und drei können ein Bett teilen und ein Wochenbrot, und eins vom andern die Schuh tragen der Reihe nach, bis sie dann schaffen für dich, jawohl, so gut hat's der gemeine Mann. Wenn er nicht stänkert, nämlich. Item.

HOSTIENBÄCKER Hast aber selbst nur eine Tochter geschafft, wenn du sie selbst geschafft hast. Schafft die jetzt auch für dich, mit ihrem – *Schlägt sich zwischen die Beine* – Item?

KLEINER HENKER *springt herunter* Kreizteifelstänkermaul, laß meine Tochter, meine Rikke, laß die da raus, sag ich, in der Gesellschaft, die ist sauber, sauber wie frische Sägspän!

HOSTIENBÄCKER Auf die man die Köpp fallen läßt und die abgehackten Glieder, fällt ihr wohl auch mal eins in den – *Geste.*

KLEINER HENKER Maulhalten, Zahnverschluß.

Ein paar junge Kerle, die herumlungerten und die Sprüche der beiden mit Grimassen und Spottkichern begleitet haben, mischen sich ein.

KNIPPEL Der redet vom Kindermachen wie vom Läuseknicken, und so habt ihr's getrieben, ihr alten Sauschwänze, zu viele habt ihr gemacht, drum liegen wir auf der Straße.

HUTZELBEIN Weil ihr nicht arbeiten wollt, ihr Rotzbuben! Weil ihr zu faul seid! Wenn ich jung wäre – da würde ich – jawohl!

KNORZ Was würdest denn du, wenn du jung wärst?

HUTZELBEIN Treidelknecht! Geht doch als Treidelknechte zu den Schiffern, da könnt ihr euren Vätern noch was abgeben.

KNIPPEL Treidelknecht, da sind wir aber scharf drauf. Treidelknecht – zuu-gleich! *Macht die Schleppziehbewegung* Mit einem Gäulsgeschirr um den Hals, damit die reichen Kornsäckel noch reicher werden – uuu-a!

KNORZ Nicht mit uns! Da müßten die erst wieder einen Krieg haben, die Obrigen, um uns loszuwerden.

SCHLITZBAUCH Krieg, Krieg, was wißt denn ihr von Krieg, ihr habt nichts mitgemacht, was versteht denn ihr von Stechen und Stoßen! Ja, mit den Schleckerdirnen vielleicht.

LUTZE *ein pickliger Kerl* Klar, mit den Schleckerdirnen immerzu – wenn wir sie hätten, nämlich. Aber die müssen in die Badstuben, sobald einer die Pieze schwellen.

KNORZ Und nicht um zu baden! Dort gibt's drei Kreuzer pro Schleck.

KNIPPEL Von den verdammten alten Hurenböcken, und noch was angehängt.

KNORZ Noch was angehängt, von denen scheißfeinen karnikkelgeilen –

LUTZE Unsereiner, der macht's in die Hand, und guckt zu, wie die Ratten –

KLEINER HENKER *hilflos* Das ist verboten, verboten, und auch nicht erlaubt –

KNIPPEL Ja, wie die Ratten, die rammeln uns was vor.

EULENZWITSCH *plötzlich hysterisch kreischend* Totschlagen! *Geht auf die Jungen los.*

KNIPPEL Totschlagen, dich zuerst!

HUTZELBEIN *auch schreiend* Rotzbuben, unverdauliche.

KNORZ Kackstiefel, Leichenteile, verfaulte!

Gegenseitiges Imponierdrohen. Zwei andere junge Burschen, Henning und Kunrot, sind dazugekommen. Auch sie sind zerlumpt und sehen finster aus.

KUNROT Was brüllt ihr da herum, seid ihr besoffen, wenn drinnen ein Toter liegt in seinem Blut.

Es wird still.

GRINDKOPP *der gedöst hat, aufwachend* Ein Toter?

HENNING Ja, und es ist der Jörge. Dein Sohn.

KUNROT Wir haben hinten durchs Fenster geguckt.

GRINDKOPP Der Jörge, der ist nicht tot, der ist Geselle, beim Bollerschmied.

KUNROT In die Kammer wollten wir gucken, wo die Schankdirn sich auszieht, abends. Da liegt der Jörge, käsweiß wie der Laken, und der Laken voll Blut.

GRINDKOPP Der ist Geselle, beim Schmied.

KÖTERINCK *an der Tür, trommelt* Aufmachen!

SCHNUDEL *entriegelt, tritt in die Tür* Kein Schnaps mehr, wenn keiner zahlt.

KÖTERINCK Wir wollen die Leich sehn – *Packt ihn am Latz, stößt ihn beiseite, geht hinein, die Burschen folgen.*

GRINDKOPP *plötzlich begreifend* Der Jörge, sagen die, und der ist tot. *Auf den Wirt los.*

SCHNUDEL Nicht tot, da ist nur die Hand ab, die rechte, und da haben sie ihn zu mir gebracht, damit ich Schnaps auf den Verband schütte gegen den Wundbrand, aber keinen hereinlassen, und er blutet jetzt auch nicht mehr.

GRINDKOPP *schlaff* Der Jörge – was habt ihr mit ihm gemacht? *Er geht hinein.*

SCHNUDEL Sonst hab ich mit der Sache nichts zu tun.

SCHLITZBAUCH Wenn einer seinen Sohn erschlägt, weil der ihm dumm kommt, so ist das seine Sache, da hat ihm keiner dreinzureden. Ich wollte meinen längst – mit dem Spieß, aber er war schon zu alt, der Spieß nämlich, und ist an seinem Schädel zerbrochen. Aber wenn einem der Sohn verschandelt wird, von Amts wegen, da ist kein Spaß mehr dabei, da muß man das Schwert zucken, als alter Soldat. Wenn man noch eins hätte.

KÖTERINCK *kommt wieder heraus* Er sagt, sie haben ihn erwischt beim Rattenschlagen.

SCHLITZBAUCH Wer? Wer hat ihn erwischt?

HOSTIENBÄCKER Erwischt ist erwischt, kann euch allen so gehn.

KÖTERINCK Die Spießwache, natürlich, wer sonst.

KLEINER HENKER Denn es ist verboten –

HOSTIENBÄCKER Von wem? Vom Gruelhot und Komplizen – *Schrill* damit der Mehlpreis steigt!

KLEINER HENKER Ein Grund ist nicht bekannt, es ist nur verboten.

HOSTIENBÄCKER Jetzt wißt ihr's endlich, Schafsköpfe.

GRINDKOPP *kommt wieder heraus, apathisch* Er kann keinen Hammer mehr schwingen. Er kann keiner Frau mehr dranfassen.

KLEINER HENKER Das kann man lernen, mit der linken Hand. Es gibt Linkshänder, die können gar nicht anders.

GRINDKOPP *starrt ihn an* Hast du – hast du ihm die Hand ab –?

KLEINER HENKER Ich habe nichts damit zu tun, das ist die Obrigkeit. Aber was ich tue, das tu ich, pflichtamtlich, wie man sagt, das bezieht sich auch auf die Verschweigung.

Kunrot und Henning kommen wieder heraus.

GRINDKOPP Hat er gesagt, wer's getan hat?

HENNING Er sagt, er kann sich nicht erinnern – da war er nicht mehr bei sich, es hat ihm einer übern Kopf gehaut, vorher.

KLEINER HENKER Kommt, setzt euch, ich geb noch einen aus.

SCHNUDEL Aber verbunden hat er ihn. Gut verbunden. Wie ein Feldscher so gut.

KLEINER HENKER Natürlich, das ist meine Pflicht, ich war ja Feldscher damals, Wundarzt und Krankenwärter bin ich gewesen.

SCHLITZBAUCH Latrinenputzer, das warst du damals, Scheißgrubenwärter.

KLEINER HENKER Mit etwas muß man anfangen als Mediziniker.

HOSTIENBÄCKER Und hast es weit gebracht, bis zum Radflechten und Handabhacken.

GRINDKOPP Die rechte. Die rechte Hand. Der kann keinen Hammer mehr –

KLEINER HENKER Mit der Linken! Mit der Linken da kann er immer noch –

HENNING *ruhig, verbissen* Mit der Linken. Ich sag dir, was er mit der Linken kann. Da kann er dem Spießwärter den Hals zudrücken, wenn der mal auf seinem Posten eingenickt ist. Und dem Gruelhot den Schädel einschlagen, wenn der sich mal im Dunkeln heraustraut. Und wir andern, wir haben noch zwei Fäuste zum Schlagen und Würgen, wann der Blutkrug überläuft.

HOSTIENBÄCKER Der ist schon über. Der hat gut gehackt.

KLEINER HENKER Schnudel, hast du noch einen Krug, ich geb einen aus.

HOSTIENBÄCKER Jetzt will er sich loskaufen.

HENNING In deinen Krug, da spuck ich.

GRINDKOPP Wenn er doch sagt, er war's nicht.

SCHLITZBAUCH Und ich spuck mit! *Spuckt nach dem Kleinen Henker.*

Andere machen das Geräusch des Spuckens.

KLEINER HENKER Dann spuckt ihr auf das Gesetz, und auf die Ordnung.

HUTZELBEIN Steckt ihn mit dem Kopf in die Pfuhlgrube! *Nähert sich dem Kleinen Henker.*

GRINDKOPP Wenn er doch sagt, er war's nicht.

SCHLITZBAUCH Dann schadet's ihm auch nicht, so ein frischer Trunk.

ANDERE *drohend* Ritzratz Ritzratz bei der Nacht –

Kleiner Henker hebt die Hände, hält sich die Ohren zu. Rikke kommt langsam. Sie ist etwa 18jährig, mit aufgestecktem Haar, kurzem Leinenkleid, nackten Armen und Beinen, etwas verschleierten Augen. Sie scheint die Männer nicht zu sehen, die verstummt sind und glotzen. Geht zum Kleinen Henker.

KLEINER HENKER *noch ganz verstört, nimmt die Hände vom Kopf* Rikke –

RIKKE Ich soll dich holen.

KLEINER HENKER Aber nicht hier, hierher sollst du nicht, das ist ver-

RIKKE Es ist einer da, von der Spießwache, und es eilt, sagt er.

KLEINER HENKER *hat sich gefaßt, wichtig* Von der Spießwache, von der Stadt. Das ist geheim, hat keiner was gehört, verstanden? Amtsgeheimnis. *Steht auf.*

LUTZE Rikke –

KLEINER HENKER Komm, rasch, wir gehen. *Nimmt sie bei der Hand, sie geht mit ihm, ohne einen anzuschauen.*

SCHLITZBAUCH *heiser* Rikke –

HOSTIENBÄCKER *lacht leise* Da wird's euch anders. Mir nicht. Denn ich bin krankhaft. Gottseidank.

V.

In der hinteren Stadt herumstreichend, begegnet der Bunting dem Kleinen Henker, der von der Arbeit kommt. Er hat einen Ledersack umgehängt, mit klappernden Instrumenten. Beide beobachten einander, der Bunting neigt kurz den Kopf, lächelt. Vom Stiftsturm wird sechs geschlagen.

KLEINER HENKER *gemütlich* Sechs. Vesperzeit.

Bunting nickt, zieht die Lippen ein.

KLEINER HENKER Sag mal, was bist denn du für einer?

BUNTING Ich? Ja – ich bin einer.

KLEINER HENKER Das ist keine Antwort. Ich habe gefragt: was für einer.

BUNTING Nun – so einer.

KLEINER HENKER Das merkt man. Und wo kommst du her?

BUNTING Von dort. Wo die Sonne herkommt.

KLEINER HENKER Von Osten. Das merkt man auch.

BUNTING Wenn du so viel merkst, dann weißt du vielleicht auch was.

KLEINER HENKER Nämlich? Was soll das sein?

BUNTING *bescheiden* Wo man in dieser Stadt eine Arbeit findet, für Kost und Quartier und vielleicht ein paar Kreuzer Wochenlohn.

KLEINER HENKER Das weiß ich genau. Bei mir. Bei mir, und sonst nirgends, als ein Zugelaufener.

BUNTING Ich bin aber nicht gelernt. Ich kann kein Handwerk.

KLEINER HENKER Brauchst du nicht. *Wichtig* Ich bin der Kleine Henker.

BUNTING Der Kleine – warum heißt du so?

KLEINER HENKER Weil der Große, den kennt man nicht.

BUNTING Kennt man nicht?

KLEINER HENKER Der tritt nur auf, wenn einer aus der vorderen Stadt, also ein Herr, ich meine: eine Persönlichkeit, enthauptet wird. Die werden nämlich enthauptet, wie man sagt, nicht geköpft – was mit dem Beil wäre. Aber das kommt nur selten vor, wenn einer, zum Beispiel, dem Gruelhot sehr lästig geworden ist, und dann tritt der Große auf, zerbricht das Stäbchen und führt den Schwertstreich. Trägt jedoch eine Maske vorm Gesicht. Immer.

BUNTING Und was machst du?

KLEINER HENKER Nun, die kleine Arbeit eben, was man das peinliche Gericht nennt. Man spricht nicht gern davon, und schließlich das Henken, das gewöhnliche, mit dem Strick.

BUNTING Machst du das gern?

KLEINER HENKER Nein, aber ich werde dafür bezahlt. Und welche Arbeit macht ein Mensch schon gern? Man muß froh sein, wenn man eine hat als alter Soldat – sechs Wochen Krieg, sieben Jahre gefangen. Die was einbringt, und ein Häuschen, und ein Gärtchen, und ein Familienleben.

Bunting lächelt höflich.

Aber siehst du, ich bin nicht mehr der Jüngste. Ich muß sparen mit meiner Kraft, zumal jetzt, wo das Fett knapp wird. Ich brauche einen Gehilfen. Abgemacht?

BUNTING Und was muß ich da tun?

KLEINER HENKER Maul halten, und machen, was dir gesagt wird. Da gibt's auch noch andere Arbeit, neuerdings, die nichts mit der Gerichtsbarkeit zu tun hat, sondern mit dem gemeinen Wohl. Das ist geheim, du wirst schon sehen. Aber vor allem: Maulhalten. Kannst du das?

BUNTING *nach kurzem Zögern* Gut – abgemacht. *Streckt die Hand aus.*

KLEINER HENKER *will einschlagen, zieht plötzlich die Hand zurück* Sag mal, bist du getauft? Hast du einen Namen?

BUNTING Ja. Aber den hab ich vergessen.

KLEINER HENKER Und wie soll man dich dann rufen? Man muß dich doch rufen können. Überhaupt, ein Name! Ein Name! Wenn man nicht Jemand ist wie ich, der seinen Stand hat, oder wie der Tod, den Jeder kennt und den man besser nicht ruft, da muß er doch einen Namen haben! Sonst ist er ja Niemand. Kein Mensch, meine ich. Denn selbst ein Hund hat einen Namen.

BUNTING Wo ich jetzt durchkam, da und dort, haben sie mich den Bunting genannt.

KLEINER HENKER Bunting. Das kann man sich merken. He, Bunting! Das geht. Guten Morgen, Herr Bunting, haben Sie gut geschlafen. Herr Bunting – schon schlechter. Und das ist ja auch nur, weil du so komisch angezogen bist. Wenn du dich nun ausziehst, wenn du nackt bist – wie heißt du dann gefälligst?

BUNTING Jedesmal anders – was den Weibern so einfällt.

KLEINER HENKER *schüttelt den Kopf* Du scheinst mir ein ganz unsittlicher Mensch zu sein. Aber so was gibt's nicht bei uns, Badstuben, Freudenhäuser, das gibt's nicht in der hinteren Stadt, da ist man sittlich, weil man nichts zu verschwenden hat, nicht mal den semen hominis, wenn du weißt, was das ist. Und in die vordere, da lassen die dich gar nicht hinein, die Wachen, so wie du ausschaust. Warum bist du überhaupt so komisch angezogen?

BUNTING Weil's mir Spaß macht. Ich könnt auch ein Lederwams tragen, als Soldat, oder ein Panzerhemd, als Ritter, eine Robe, als Stiftsherr, ein Barett, als Scholar, sogar einen Doktorhut – vielleicht eine Krone – *Nach einer prahlerischen Pause* Aber so macht es mir Spaß.

KLEINER HENKER Du bist also einer, der tut, was ihm Spaß macht. Kannst du dir das leisten?

BUNTING *wieder bescheiden* Da hinten, mit Verlaub, in Böhmen, war es die Musikantentracht.

KLEINER HENKER Ein Musikant? Ist das ein Blasestock in deinem Gürtel, eine Pfeife, wie man sagt?

BUNTING Eine Flöte, mit neun Löchern.

KLEINER HENKER Aus Silber womöglich? *Langt danach.*

BUNTING Nein, aus Holz von der Ölweide, Olivenbaum genannt, und schon sehr alt, daher hat sie den Glanz. Berühr sie nicht.

KLEINER HENKER Warum? Ist sie verhext?

BUNTING *lacht* Nein, aber man muß es verstehn, ich hab's von einem Venediger gelernt, und wenn sie hinfällt, geht sie kaputt. Und das – *Nimmt was aus der Tasche* ist die Maultrommel. *Steckt sie kurz zwischen die Lippen, trillert ein wenig* Und das – *Nimmt ein durchbohrtes Holzstück heraus in Form einer kleinen dicken Rübe* der Wachtelpiep, damit kann man Tiere anlocken, Vögel, auch Rehe im Wald.

KLEINER HENKER Ein Musikant! Das ist selten. Das entschuldigt sogar deinen Aufzug, wenn du dich sonst gut beträgst. Ein Musikant, das behagt mir. Da kannst du uns aufspielen, abends zu Hause, nach der Arbeit, da wird meine Tochter, da wird sie nicht mehr gähnen – denn sie gähnt so viel.

BUNTING Ich werd ihr den Mund schließen mit meiner Flöte, verlaß dich drauf.

KLEINER HENKER Das wird ihr gut tun. Denn man muß ja einmal eine Ablenkung haben. Da muß ja auch eine Lustigkeit sein nach der Schmerzlichkeit, daß man auf andere Gedanken kommt, das braucht der Mensch. Bei uns ist es einsam draußen, ich darf ja nicht in der Stadt wohnen mit meinem Beruf. Kannst du zum Tanz aufspielen?

BUNTING Das kann ich auch. Hast du schon was vom Ridewanz gehört?

KLEINER HENKER Ist das der, wo man nicht darf? Der verbotene, wo die Leut nicht mehr aufhören können?

BUNTING *lacht* Das kommt drauf an. Man kann ihn zahm spielen oder wild. Wie hat's deine Tochter gern?

KLEINER HENKER Die Rikke? Zahm, junger Mann! Zahm, sanft, zärtlich! Eine Taube, ein Lamm, ein Marienkäfer, das sind wilde Bestien gegen die! Nur eben, sie gähnt so viel.

BUNTING Wieviel Kreuzer die Woche?

KLEINER HENKER Zehn.

BUNTING Zwanzig.

KLEINER HENKER Fünfzehn – wenn du gut spielst. Aber du mußt dich, meiner Tochter gegenüber, höchst sittlich und schamhaft –
Bunting sackt plötzlich zusammen. Kleiner Henker erschrocken Was ist denn – fehlt dir was?

BUNTING Ja, was zu essen. Ich hab seit vier Tagen keinen Bissen mehr –

KLEINER HENKER Dann komm, rasch, ich nehm dich gleich mit zur Vesper. Ich habe noch eine Schwarte im Rauch, vielleicht die letzte.

BUNTING Warum? Wirst du so schlecht bezahlt?

KLEINER HENKER Nein. Aber – *In einem plötzlichen Entsetzen* aber die Ratten –

Finsternis, schrilles, dünnes Quieken von allen Seiten. Dann gleich wieder helles Licht: die Leuchter brennen im Haus des Stadtregenten Gruelhot. Man hört noch kurz das dünne, zischende Quieken, aber entfernt, gleichsam unterirdisch.

VI.

Gruelhot steht, festlich gekleidet, allein im Empfangsraum seines Hauses, der nur durch eine gobelinartige Wand, einen hängenden Leuchter und ein paar geschnitzte Stühle angedeutet ist.

Er ist etwa 50, doch früh ergraut und von ungesunder Hautfarbe. Er hält einen Ebenholzstock mit silberner Zwicke. Er scheint auf etwas zu lauschen oder zu warten. Jetzt hört man ein kurzes, kratzendes Scharren, das sich dreimal wiederholt. Er antwortet durch dreimaliges, kurzes Klopfen mit dem Stock. Dann kommt, fast huschend, durch eine Tür, die man nicht sieht, aber knarren hört, der Hostienbäcker, verbeugt sich, bleibt in gebeugter Haltung stehen.

GRUELHOT Rasch. Der Bericht.

HOSTIENBÄCKER Faul. Dicke Luft. Es stinkt in der hinteren Stadt. Es brenzelt.

GRUELHOT Das weiß ich. Was geht vor?

HOSTIENBÄCKER Sie wollten den Kleinen Henker in den Pfuhl tunken, aber er ist noch ausgekommen. Sie sind wie dürres Stroh, man braucht nur einen Funken hineinzupusten, dann lodert's.

GRUELHOT Es ist gut, wenn es lodert. Dann kann man löschen.

HOSTIENBÄCKER So habe ich meinen Auftrag verstanden. Jetzt ziehn sie herum und singen Trotzlieder.

GRUELHOT Solang sie singen –

HOSTIENBÄCKER Aber die Jungen, die singen nicht. Die rotten sich, überall, seit es dunkelt. Die führen was im Schilde.

GRUELHOT Was?

HOSTIENBÄCKER Einen Anschlag, glaub ich, auf die Spießwache am Ostertor. Dort steht nur einer, und der schläft gewöhnlich.

GRUELHOT Lauf zu Herrn vom Felde, dem Kommandanten. Du weißt, drei Häuser weiter, klopf an die Hintertür. Hier, zeig ihm mein Siegel. Gib ihm Bericht, sag ihm, er solle die Wache sofort verstärken, zehn Mann mit blanker Waffe, sie sollen sich verborgen halten hinterm Tor und losschlagen, sobald sich einer zeigt. Dann sollen sie in der hinteren Stadt patrouillieren und alles in die Häuser jagen. Wer sich herumtreibt, wird verhaftet. Noch was?

HOSTIENBÄCKER Wenn ich mir trauen darf, so hab ich eine Meinung.

GRUELHOT Nämlich?

HOSTIENBÄCKER Die Maßnahme, die ich als Bäcker sinngemäß verstehe, solang mir das Mehl zugeteilt wird, ist nicht volkstümlich. Unpopulär, sozusagen.

GRUELHOT Ich habe das Volk, will sagen, das gemeine, nie um seine Meinung gefragt.

HOSTIENBÄCKER Es wird gefährlich, auch für die vordere Stadt. Das Gezücht, das vom Bösen stammt, ist nicht aufzuhalten. Es soll in den Kellern schon Rattenkönige geben, furchtbare Ungetiere mit tausend Zahnschnauzen und verwickelten Schwänzen, die hecken all miteinander und machen zehntausend Junge in einer Nacht.

GRUELHOT Erzähl das den kleinen Kindern. Wir haben Gift und Fallen in der vorderen Stadt. Auch kann man den Fluß ableiten, daß er die Keller verschwemmt.

HOSTIENBÄCKER Die schwimmen und klettern.

GRUELHOT Lauf jetzt, es eilt.

HOSTIENBÄCKER Und die Verlöhnung? Ich habe Unkosten –

GRUELHOT Du kriegst das Mehl umsonst aus meinen Mühlen.

HOSTIENBÄCKER Solang sie mahlen.

GRUELHOT Fort. Ich erwarte Gäste.

HOSTIENBÄCKER Ich komme wieder. *Huscht hinaus.*

GRUELHOT Morgen abend um acht, mit Bericht.

HOSTIENBÄCKER Aber nur gegen bar. *Verschwindet.*

GRUELHOT *lauscht einen Augenblick, dann wendet er sich nach hinten, ruft* Divana!

DIVANA *seine Frau, kommt durch einen geteilten Vorhang. Sie ist etwa zehn Jahre jünger als er und sehr schön. Auch sie trägt ein festliches Kleid, das ihre Figur hervorhebt, und ist damit beschäftigt, sich ein Diadem im gerade aufgesteckten Haar zu befestigen* Der Bericht?

GRUELHOT Es geht los. Das Gelichter in der hinteren Stadt –

DIVANA Hast du sie endlich aus ihren Löchern gelockt?

GRUELHOT Ja, aber es sind zu viele, und es scheint, sie fürchten unsere Spießwache nicht, sie wollen uns angreifen statt umgekehrt. Ich brauche Truppen aus Braunschweig. Es kommt alles auf das Gespräch mit dem Stiftspropst an, heute abend. Du hast dich schön gemacht, das ist gut. Sieh zu, daß die Kinder höchst reizvoll angezogen sind, die Mädchen besonders – das heißt, nicht zu sehr angezogen, du weißt, er ist empfänglich, wenn er getrunken hat, das kann ihn gewillt machen.

DIVANA Du könntest ihm diese Mohrenmädchen verkaufen, die sind schon hasig, bei denen fängt's früher an als bei uns.

GRUELHOT Sprich nicht so von deinen leiblichen Geschwistern.

DIVANA Halbgeschwistern, und das ist schlimm genug.

GRUELHOT Ich kann nichts dulden, was die Familienehre befleckt.

DIVANA Wenn du sie schon als Lockvögel benutzt wie deine eigene Tochter –

GRUELHOT Nur zum Schein, aus List.

DIVANA Ich will diese Kinder nicht länger unter meinem Dach haben, mir genügen die eigenen. Sieh zu, daß sie endlich ins Stift aufgenommen werden. Der Propst ist reich.

GRUELHOT Du hast selbst nur einmal geboren.

DIVANA Ja, Zwillinge, ich, eine Gräfin, einem Getreidehändler –

GRUELHOT Der Geld hatte.

DIVANA Mir hätte der Knabe genügt. Und daß mein Vater in seinem Alter noch mit einer Heidin –

GRUELHOT Sie war getauft, schon drüben, im Morgenland, und die Kinder sind gräflich wie du, sie sollen als Christenmenschen –

DIVANA Besprich das mit dem Propst.

GRUELHOT Ich liebe diese Kinder wie meine eigenen –

DIVANA Weil sie gräflich sind? Weil sie mohrisch sind? Weil sie den Namen meines Vaters tragen, da buckelst du. Liebst du denn deine eigenen? Geh, du liebst nur dich selbst, und deine Ruhmsucht.

GRUELHOT Divana, ich – *Nähert sich ihr. Es pocht an der Tür.*

DIVANA Da kommt er schon.

GRUELHOT Das ist er nicht. Er kommt mit Gefolge und mit Bungeschlag – ich höre nichts auf der Straße.

Es pocht wieder, heftiger.

DIVANA Vielleicht der Spitzel?

GRUELHOT Nein, mit dem hab ich ein Zeichen. *Laut* Komm rein – wer immer das ist!

Die Tür knarrt.

Scadelant, der Roggenherzog, kommt herein, ein Mann um die 40, nicht festlich, aber herrschaftlich gekleidet. Er neigt kurz den Kopf vor Divana, dann starrt er Gruelhot an, ohne Gruß. Gruelhot nach einer Pause Ich kann mich nicht erinnern, dich hierhergebeten zu haben.

SCADELANT Es gibt ungebetene Gäste. Hörst du nichts?

GRUELHOT Ich weiß nicht, was du meinst.

SCADELANT Ich meine, wenn du dein Ohr an die Bohlen legst und an die Kellertür. Da quiekt's und zischelt's.

GRUELHOT *fest, jedes Wort betonend* Nein. Ich höre nichts.

SCADELANT Dann mußt du was besehen – wenn du nicht hören willst. *Er öffnet einen Lederbeutel, nimmt zwei tote Ratten heraus, wirft sie ihm vor die Füße.*

Divana, ohne ein Zeichen der Erregung, unbeteiligt, wendet sich, geht durch den Vorhang hinaus.

GRUELHOT *mit beherrschtem Zorn* Heb das auf. Du hast meine Frau beleidigt. Heb das auf.

SCADELANT Heb du sie selber auf, und laß sie dir balgen, es ist ein Geschenk für dich. Aus deinen Mühlen, Gruelhot, nicht aus meinen Scheuern, denn die sind schon leer.

GRUELHOT *aufbrausend, stößt mit dem Fuß nach den Kadavern* Was fällt dir ein, kommst du daher, um mir Angst zu machen? Ich bin dafür nicht zu sprechen, geh vor den Hohen Rat, wenn dir was nicht paßt. Geh, sag ich, weg!

Scadelant steht mit verschränkten Armen.

Aus meinen Mühlen, sagst du? Die haben Maschengitter – an allen Wänden und drei Fuß unter Grund.

SCADELANT Ja, wie die Sauställe deines Freundes Steneken, des Schwartenkönigs. Hat aber bald keine Untertanen mehr. Da gibt es andere Rüssel, die wühlen, graben, wühlen – sechs Fuß unter Grund, und tiefer noch, bis in die Grabkammern auf dem Friedhof, da brauchen die Toten keine Würmer mehr.

GRUELHOT *geht auf und ab* Ich habe alle Maßnahmen ergriffen, um die vordere Stadt und die Geschäfte vor Schaden zu bewahren. Daß sich Ungeziefer bildet, wo Schmutz und Stunk ist, läßt sich nicht verhindern. Was auf den Feldern und bei der Ernte vorgeht, ist deine Sache. Stell dir Flurwächter ein.

SCADELANT Du hast die Stadt ruiniert, uns alle, und dich selber dazu.

GRUELHOT Ich – die Stadt ruiniert? Wer hat den Handel mit der Hanse in Gang gebracht, wer schwemmt unser Holz die Weser abwärts, zu den Bremer Werften, und unser Getreide, und unser Pökelfleisch?

SCADELANT Und den Profit, den willst du allein einstreichen, drum kam dir die Rattenplage zupaß, damit keine Überschüsse entstehen und du die Preise für deinen Handel hochtreiben kannst.

GRUELHOT Jeder Handel dient dem gemeinen Nutz –

SCADELANT Wir aber, wir sollen dir weiter liefern nach den alten Verträgen, auch wenn wir fast ausgefressen sind und die Körner mit den Nägeln zusammenscharren müssen, das war dein Rechenspiel, aber du hast dich verrechnet.

GRUELHOT Hetzreden, ich habe für so was keine Zeit.

SCADELANT Du wirst sie dir nehmen, Gruelhot. Denn jetzt wirst du selber ausgefressen, hier – *Weist auf die Kadaver* – da hilft kein Schutzgitter mehr. Und was die Weser anlangt, die stinkt zum Himmel von dem Schweineblut und den Gedärmen, die der Schwartenkönig hineinschmeißen läßt, und alle Uferdämme sind verlöchert wie ein Kornsieb. Du aber traust dich nicht aus den Mauern, um nach dem Rechten zu sehen, weil du die Hosen voll hast vor den Aufsässigen, die vom Hunger krepieren. Jetzt kann ich gehen. *Wendet sich.*

GRUELHOT *vertritt ihm den Weg* Was soll ich tun? Hast du Vorschläge zu machen?

SCADELANT Das ist deine Sache.

GRUELHOT Ich habe dem Kleinen Henker geheimen Auftrag erteilt, in der Nacht die Löcher zu verstopfen und die Brut zu vertilgen.

SCADELANT Aber dein Gesetz ist noch in Kraft, daß außer der Mauern keiner Ratten schlagen darf, bei Verlust seiner Hand oder des Lebens.

GRUELHOT Das war ein Riegel, sonst nichts, gegen den Ausbruch der Zuchtlosigkeit. Wir haben alle kein Interesse daran, daß das Gelichter draußen überhand nimmt und sich viehmäßig vermehrt. Es siedelt sich immer mehr Gesindel an, das die Arbeit scheut und keine Steuern zahlt, die schleppen die Pest ein, und die Pestzüge überschwemmen das flache Land. Willst du die Pest in die Stadt lassen?

SCADELANT Die ist schon drin. Du weißt, wer ihr vorauszieht. Leg dein Ohr an die Bohlen. Hörst du noch immer nichts? *Er geht.*

Gruelhot schaut nach der Vorhangtür, dann bückt er sich rasch, legt sein Ohr an die Bohlen. – Von der Eingangstür her das kurze dreimalige Scharren. Er springt auf, klopft hastig den Stock auf. Der Hostienbäcker huscht herein.

HOSTIENBÄCKER Bericht von Herrn vom Felde, er kann nur sechs Mann aufbringen, er hat keine Männer und keine Waffen mehr. Zwei Haufen sind in die hintere Stadt desertiert, weil nicht gezahlt worden ist seit dem letzten Mond.

GRUELHOT *stampfend* Die werden gehängt!

HOSTIENBÄCKER Erst muß man sie haben.

GRUELHOT Lauf zum Stadtrichter, Herrn von Emmern, er soll heute nacht noch herkommen, es ist dringlich, aber nicht bevor es Mitternacht bläst, ich habe Besuch. Und noch was, du kannst in der hinteren Stadt verbreiten, daß das Rattenschlagen frei ist, ab heute nacht, sogar geboten, und wer einen Sack toter Ratten abliefert, wird belohnt.

HOSTIENBÄCKER Das glaubt mir keiner.

GRUELHOT *weist mit der Stiefelspitze auf die toten Ratten* Nimm das mit, als Beglaubigung.

HOSTIENBÄCKER *hebt die Ratten auf, läßt sie an den Schwänzen baumeln* Und wie wird das belohnt? Mit Geld – oder mit Ratzenfleisch?

GRUELHOT Frag nicht so frech.

HOSTIENBÄCKER *streckt die Hand aus* Dann muß ich selbst was besehn. Geld stinkt nicht, aber Ratten.

Man hört jetzt, näherkommend, das Bungeschlagen – eine dumpfe Felltrommel – und klirrende Eisenschritte von unten.

GRUELHOT Ich hab jetzt nichts in der Tasche, troll dich, mein Besucher kommt, ich zahl das nächste Mal.

HOSTIENBÄCKER Ich komme wieder – *Will zur Tür.*

GRUELHOT Nicht da hinaus, sie sind schon am Tor, lauf die Rücktreppe hinunter und durch den Keller.

HOSTIENBÄCKER Fiiih – durch den Keller, da wird man angebissen.

GRUELHOT Dann durch die Küche drunten und zum Fenster hinaus. Mach rasch!

HOSTIENBÄCKER Ich komme wieder.

Verschwindet nach der anderen Seite, während gleichzeitig an die Tür gepocht wird, die sich sofort knarrend öffnet. Es erscheinen zwei in Eisen Gewappnete, machen rechts und links Front.

Henricus Guelficus Immensis, der Stiftspropst, schreitet zwischen den Gewappneten hindurch in den Raum, macht ein Zeichen nach rückwärts, die Leibwachen treten ab, verschwinden durch die knarrende Tür. Henricus ist ein kräftiger, derber Mann, höchstens Mitte 30. Er trägt über seinem Stiftsherrngewand aus schwarzem und rotem Samt einen Hermelinkragen und ein silbernes Wehrgehänge mit Schwert.

GRUELHOT *mit einer tiefen Verbeugung* Ich danke Euer Gnaden für die Ehre Ihres hohen Besuchs. Darf ich –

HENRICUS Was gibt's zu essen? *Setzt sich.*

GRUELHOT Zum Anfang frischen Weserlachs mit Aal, Flußbarben und Zander in Kräuterbrühe – feine Hechtklöße – Rattenschwänze?

HENRICUS *fährt hoch* Was?

GRUELHOT Vergebung, ich war zerstreut, ich wollte Krebsschwänze sagen.

Henricus schüttelt den Kopf.

Dann Spanferkel, in Honigwasser gesotten, junge Gänse mit Wachteln und Tauben umlegt, Rindsbraten, Kalbskeule, Lammrücken, eingemachte Früchte und Bäckerei –

HENRICUS Kein Wildbret?

GRUELHOT Vergebung, es ist nicht die Zeit –

HENRICUS Für meine Jäger ist immer die Zeit. Der Rehbock schreckt schon und ist nicht so mager wie nach der Brunft. Hab ich da neulich einen mit der Armbrust waidwund geschossen, laß die Meute los, und wie ich hinkomm, war's eine Geiß. Ich geb ihr den Fangstoß, da hör ich das Rehkitz klagen im Gras. Das ist was Neues, denk ich, laß es abstechen und dann am Bratspieß drehen, über kleiner Flamme. Es war ein zartes Tierchen.

GRUELHOT Darf ich nun, zur Begrüßung, mit einem kräftigen Trunk aufs Wohl Ihres herzoglichen Bruders –

HENRICUS Was für Trunk?

GRUELHOT Ich hätte Malvoisie, aus Frankreich –

HENRICUS Zu süß.

GRUELHOT Oder Falerner, den hellen –

HENRICUS Zu sauer.

GRUELHOT Dann roten Ingelheimer, von der alten Pfalz –

HENRICUS Nichts aus Burgunde?

GRUELHOT Man sagt, die Reben seien vom Burgunderland.

HENRICUS Mag sein. Wir werden später kosten. Erst die Geschäfte. Setz dich, Herr Stadtregent.

GRUELHOT Ich dachte, nach einem würzigen Mahl und einem guten Umtrunk spricht es sich angenehmer.

HENRICUS Nicht von Geschäften. Da will ich, nach einem Mahl, mich unterhalten, du hast eine schöne Frau, Herr Stadtregent, die gerne lacht. Doch was Geschäfte anlangt, das ist ein trokkener Fraß, den schluckt man besser mit dem eignen Rotz und braucht nicht aufzustoßen. Bring deine Bitte vor.

GRUELHOT Es ist nicht ganz, was man eine Bitte nennt. Es handelt sich um Stadt- und Staatsaffären, die Ihrem herzoglichen Bruder, unserem Schutzherrn, dringlich vorzustellen sind.

HENRICUS Das heißt, ihr braucht Soldaten.

GRUELHOT Euer Hochwürdige Gnaden, welcher das Ohr und die starke Hand des Herzog Albrecht für unsere Stadt bedeutet, hat richtig geraten.

HENRICUS Ich habe nicht geraten. Ich weiß Bescheid.

GRUELHOT Dann wissen Sie auch, Euer Gnaden, wie sehr unser Anliegen drängt. Wir sind von einer Plage heimgesucht, die unsere heurige Ernte gefährdet und unseren Handel lahmzulegen droht. Und vor unseren Toren häuft sich mehr und mehr ein sittenloses Gelichter. Wie sollen wir die in Schach halten, wo sie aufsässig werden, wenn unsere Spießwache kaum ausreicht, bei Nacht die Tore zu besetzen? Das Stift ist durch die herzogliche Leibgarde geschützt, nicht so das Rathaus, die Geschäfte, die Mühlen und unsere wohlständige Gesellschaft. Pestzüge nahn von Osten und fallen in die Stadt ein wie kahlfräßige Heuschrecken. Es bleibt mir nichts übrig, als den Notstand auszurufen, doch wie soll ich ihm Geltung schaffen? Herzog Albrecht hat uns freie Stadtrechte gewährt, wir haben ihm mit Abgaben gedankt nach allen Kräften, aber er allein hat die Macht. *Er wischt sich den Schweiß.*

HENRICUS Du kommst in Schweiß, Stadtregent, bevor du deine Bitte ausgesprochen hast.

GRUELHOT Es ist keine Bitte, es ist der gemeinsame Vorteil. Was bringt es dem Herzog ein, wenn die Stadt zugrundegeht? Nur er kann uns und sich davor bewahren. Wir brauchen Landsknechte, gediente Söldner, Schwertmänner, wie man sie früher für die Kreuzzüge angeworben hat. Jetzt müssen wir die Heiden schlagen in unsrem eignen Land. Braunschweig hat eine wohlgerüstete Armee –

HENRICUS Nicht zum Verschenken. Jeder Soldat kostet Sold,

den muß die Stadt bezahlen, und wenn euer Säckel schlaff ist, dann auf Schuldverschreibung: ein Söldner – zwei Scheffel Korn.

GRUELHOT Dann geraten wir in eine Abhängigkeit, welche mit unseren freien Rechten unvereinbar ist. Schuldlast bedeutet Knechtschaft.

HENRICUS Es ist Zeit, daß ihr an eure Abhängigkeit erinnert werdet. Du sprichst von Rechten, wozu habt ihr sie genutzt? Du klagst über sittenloses Gelichter in der hinteren Stadt – was seid ihr selbst? Ihr treibt Verschwendung, ihr behängt euere Weiber mit Schmuck aus der Judengasse, ihr feiert Tanzfeste, schamloser als die Mohren, und hurt in den Badstuben herum, aller christlichen Sitte zum Hohn, ihr rennt von der Kirche geradewegs ins Bordell, und was schlimmer ist, ihr habt euern brandversehrten Dom in zehn Jahren nicht wieder aufgebaut.

GRUELHOT Der Herr Ludger, unser Dekan, verhandelt mit flandrischen Steinmetzen –

HENRICUS Um hier die neuen, hirnverbrannten Baumoden einzuführen, die kein Mensch versteht, statt der altehrwürdigen, bewährten. Dafür habt ihr das Geld. Und dafür soll braunschweigisch Blut fließen? Soldatenblut? Für nichts als Unsitte und Verkommnis? Und umsonst, womöglich?

GRUELHOT *unter sich schauend, leise und erpresserisch* Der Herr Stiftspropst wirft uns Unzucht und Unsitte vor. Doch gibt es Gerüchte, sie laufen um in der Stadt, Gerüchte, sage ich, von Hintertüren im Stift, von einem geheimen Verbindungsgang zum Frauenkloster, von jugendlichen Novizen, die niemals die Gelübde ablegen – Gerüchte, hab ich gesagt.

HENRICUS *lacht* Gerüchte. Gerüchte. Wenn ich einen Pfaffen erwische, der das Zölibat bricht und mit Weibern schläft oder mit seinen Meßknaben hundelt, dann laß ich ihm das Glied abzwacken, mit dem er gesündigt hat. Das muß man ernst nehmen, sonst kriegt man das Volk in keinen Beichtstuhl mehr, und das Volk ist eine Schafherde, die einen Hund braucht und eine Leitgeiß. Aber ich? Schau mich an. Glaubt ihr, ich habe aus Frommheit die Weihen genommen? Nur meinem Bruder zuliebe, weil der und jener Posten seiner Außenmacht nur von einem Propst oder Bischof gehalten werden kann. Das ist Politik, das ist nicht heiligmäßig. Und was denkt ihr, wie viele adlige Fräulein nur im Kloster sitzen, weil ihre Familie einen Priester oder eine Nonne stellen muß, um sich das Zinsrecht auf die Dörfer eines Bistums zu sichern? Das ist Wirtschaft, Wirtschaft, und kein Gelöbnis! Für so was, da braucht es Hintertüren, das geht keinen was an, der vorne hereinkommt. Und wer davon redet, wenn man ihn faßt, dem wird die Zung ausgerissen, dann schwätzt er nicht mehr. Für das Geistliche aber, die Enthaltsamkeit und die Nächstenliebe, da ist der alte Ludger da, der hat keine Anfechtungen mehr.

GRUELHOT Er war immer ein sehr frommer und sehr weiser Herr, auch in der Jugend, unser Herr Dekan und Weihbischof.

HENRICUS Ja, der hat Phantasie, damit kann man leicht keusch bleiben. Der hat die Sanftmut, aber ich – ich habe das Blut! Und möchte Blut sehen, wenn ich ein Ritter wäre. Tausend Türken könnt ich die Köpf abschlagen, aber die Zeiten sind vorbei, man hat nichts mehr vom Leben.

GRUELHOT Es gibt andere Köpfe, gleich vor unsern Mauern –

HENRICUS Mein Bruder, der Herzog, der hat eine fürstliche Frau, und die hat Hofdamen, und wenn sie zu alt sind, haben sie zarte Töchter, und dann all die Jungfern, die leibeigenen von den Landgemeinen, pralle Brunswyker Deern – der hat ein Leben, wie kein Sultan in Arabien. Ihr Stadtwänste aber solltet den Schwanz einziehen, sonst wird euch draufgetreten.

GRUELHOT Der Herr Stiftspropst versucht, mich zu demütigen, um das Geschäft zu vergessen.

HENRICUS Keineswegs. Ich mach dir sogar einen Vorschlag. Warum verkaufst du sie nicht, deine Aufsässigen, soweit sie jung sind und kräftig? Es ziehen Werber durchs Land, Locatores geheißen, die kaufen Leute gegen harte Münze, als Arbeitssklaven für die Länder im Osten, Moravien und Pannonien, man braucht sie dort nach dem Kaiserlichen Sieg in Böhmen, und für das Land, das die Ordensherrn den Wenden abgenommen haben. Dann bist du sie los, hast Geld, kannst dir selber Soldaten leisten, und was weiter mit ihnen geschieht, das kümmert uns nicht. Denn da kommt keiner zurück.

GRUELHOT *sichtlich betroffen, denkt nach. Man merkt, daß er dann anders spricht, als er denkt* Das wäre – Menschenhandel. Ein solcher Gedanke ist eines geistlichen, auch eines weltlichen Würdenträgers ungemäß.

HENRICUS *belustigt* Ich weiß, was du jetzt denkst, alter Fuchs. Du denkst, ich will mich an dem Erlös beteiligen. Gar nicht so dumm gedacht. Du kannst das überschlafen.

GRUELHOT Auch zu einem solchen – Notstandsbeschluß brauchte die Stadt Waffen, um ihn durchzuführen. Gewappnete Landsknechte, mindestens hundert Mann – meinetwegen auf Schuldverschreibung. Doch ohne diesen Beistand sind wir nicht weiter in der Lage, dem Stift Abgaben zu liefern – irgendwelcher Art.

HENRICUS Keine Abgaben mehr? Das würde euch übel bekommen. Man hat schon über andere Städte den Kirchenbann verhängt, du weißt, was das bedeutet, Herr Stadtregent: Schleifung der Mauern und Beschlagnahmung aller Güter.

GRUELHOT Wer den Kirchenbann auslösen will, beim Papst nämlich, müßte selbst saubere Hände haben und unantastbar sein im Sinne einer päpstlichen Untersuchung.

HENRICUS *aufbrausend* Soll das eine Drohung sein?

GRUELHOT Ich denke, wir tun beide gut daran, unsere Vorschläge zu überschlafen. Jetzt darf ich zum Mahl bitten.

Er rührt eine Tischglocke, der Vorhang wir geteilt, Divana tritt herein, hinter ihr zuerst ihre Zwillingskinder Stellamarie und Coelestin, reizvoll gekleidet, mit silbernen Krügen in der Hand, dann die vier Kinder des Grafen von Everstein, Brunold, Heidelore, Wisbert, Gudula, in gleichem Aufzug, alle mit etwas dunklerer Hautfarbe, sie tragen die Speiseschüsseln.

Divana lächelt den Stiftpropst an, mit einer einladenden Bewegung.

HENRICUS *tritt ganz nahe zu ihr hin, streichelt ihren nackten Arm bis zur Schulter hinauf* Ich danke für den Willkomm und die wohlriechende Einladung. Aber mir ist der Appetit vergangen. Gute Nacht. He, Garde! *Zu Gruelhot* Bei mir zu Hause gibt's Wildbret und Burgunder.

Die Gewappneten erscheinen klirrend in der Tür. Er geht, sie folgen. Drunten entfernt sich der Bungeschlag. Divana macht den Kindern ein Zeichen, sie ziehn sich zurück.

GRUELHOT *nach einer Pause, unsicher* Ich glaube, ich habe ihm – einen Schreck eingejagt. Das wird ihn umstimmen. Wenigstens habe ich erreicht, daß er die Lage ernst nimmt.

DIVANA Du hast gar nichts erreicht. Du hast dich von Scadelant abschimpfen lassen wie ein Klosterbub. Du hast den Propst umwedelt wie ein maroder Hund, und geknurrt, wenn er dir einen Tritt gab. Darüber lacht der nur. Du hast ihm kein Wort von den Mohrenkindern gesagt, die er ins Stift nehmen muß als gräfliche, du warst zu feige.

GRUELHOT Es war nicht die Zeit dafür. Ich wollte das, nach dem Essen, beim Wein –

DIVANA Den er verschmäht hat.

GRUELHOT Divana, ich brauche Hilfe, keinen Vorwurf.

DIVANA Auch ich brauche Hilfe. Schau dir die Spange an, auf meiner Brust. Siehst du nicht, daß der Rubin fehlt, in der Mitte? Er ist herausgefallen, verschwunden, in eine Ritze – oder ein Rattenloch. Mach mir die Spange los.

GRUELHOT *tut es, mit zitternden Händen* Vielleicht – findet er sich noch – laß die Kinder suchen.

DIVANA Ich will ihn nicht mehr. Es gibt einen schöneren, in der Judengasse, einen klaren, dieser war unrein.

GRUELHOT Ich habe – ich habe all mein Geld – du weißt es, du selbst hast mich beraten – all mein Geld in diesen Handel gesteckt, in diesen Trughandel gegen meine Bürger, der jetzt fehlschlägt, weil ich falsch beraten war –

DIVANA Ist das ein Mann, der seiner Gattin die Schuld gibt?

GRUELHOT Keine Schuld, ein Irrtum, aber ich bin verschuldet!

DIVANA Und mir fehlt der rote Stein.

GRUELHOT Ich habe kein Geld, Divana!

DIVANA Ich kenne diesen Satz. Doch hattest du immer Geld, wenn ich einen Wunsch hatte. Woher, das frag ich nicht.
Gruelhot will den Kopf in ihre Brust bergen, sie tritt zurück. Divana zum Vorhang, ruft Elken!

GRUELHOT *gefaßt* Ich gehe jetzt. Ich muß den Stadtrichter sprechen. Und den Kämmerer. Sofort. *Er verneigt sich vor ihr, geht, die Tür knarrt hinter ihm. Elken van Lüde, die Kammerfrau, ist hereingekommen. Sie ist eine stattliche Fünfzigerin, mit ernsten Zügen.*

DIVANA Mach mir das Kleid auf, Elken.
Elken ist hinter sie getreten, haftelt ihr Kleid rückwärts auf, so daß sich ihre Schultern entblößen.
Elken. Du bist verwitwet, du hast einen lahmen Sohn. Sag mir eins: Warst du jemals glücklich?

ELKEN Wer ist glücklich?

DIVANA *beiläufig* Ich, wer sonst. Ich habe alles, was eine Frau sich wünschen kann – *Sie bricht ab, als habe sie nichts gesagt.*

ELKEN Du bist stolz, und du leidest. Du schläfst nicht in der Nacht. Auch ich schlafe nicht. Ich höre deine Schritte, wenn du herumgehst mit nackten Füßen.

DIVANA Ich brauche nicht viel Schlaf. *Sie streift ihre Schuhe ab.*

VII.

Auf dem Koppen, einer flachen Anhöhe, stehen Galgen und Rad vor einem dunstblassen Himmel. Bunting, allein, gräbt dort eine Grube, aus deren Ende ein verkrageltes Bein herausragt, mit verdrehtem Fuß. Von der Stadt wird Mittag geblasen, ein ferner, langgezogener Hornruf. Der Bunting schiebt das herausragende Bein in die Grube, dann legt er die Schaufel weg, wischt sich den Schweiß, setzt sich. Sein Oberkörper ist nackt, seine bunte Jacke hängt an einem Stecken. Der Hornruf klingt ab. Er nimmt seine Flöte aus dem Gürtel, versucht den verklingenden Ton zu treffen, wiederholt ihn leise. Aus der Grube antwortet ihm zischendes Pfeifen. Er hebt einen Stein auf, wirft ihn nach der Grube. Das Geräusch hört auf. Dann setzt er die Flöte wieder an, bläst anders – einen kleinen, heiteren Lauf.

Rikke kommt, mit einem Korb.

BUNTING *setzt die Flöte ab* So ist's recht. Ich pfeife, du kommst.

RIKKE Da kannst du lange pfeifen, und es kommt doch keiner. Ich bring dein Essen. Der Kleine hat mich geschickt.
Sie nimmt eine Schüssel aus dem Korb und einen kleinen, mit einem Holzpfropf verschlossenen Krug.

BUNTING Was ist da drin?

RIKKE Schnaps. Den brennt er selbst, aus Machandelbeeren.

BUNTING Hat er den auch geschickt?

RIKKE Nein, ich hab ihn abgefüllt, aus dem Kessel. Ich dachte, du brauchst so was, in der Umgebung.

BUNTING Du bist nett zu mir. *Ißt.*

RIKKE Weil du ein Fremder bist. *Setzt sich neben ihn.*

BUNTING *nimmt einen Schluck* Ist dir nicht grauslich hier droben? Hast du da keine Angst?

RIKKE Vielleicht, wenn ich allein wär. Aber ich war schon mehr droben. Es macht mir nichts.

BUNTING Die meisten Mädchen würden davonlaufen, wenn sie den Galgen sehn und ein Grab mit einem toten Mann.

RIKKE Ich bin anders.

BUNTING Du bist eben dran gewöhnt.

RIKKE Nein. Ich war immer anders. *Pause* Das ist eine Geschichte, die darf niemand wissen.

BUNTING *essend* Dann erzähl sie keinem.

RIKKE Nur dir. Du verrätst es nicht.

BUNTING Bist du so sicher?

RIKKE So was weiß man.

BUNTING Du kennst mich nicht. Ich sage alles, wofür man mich bezahlt. Ich habe keinen Grund, jemanden zu schonen. Ich verrate jeden, wenn es mir Vorteil bringt.

RIKKE Nicht mich. Denn da hättest du nichts davon. Da kämst du nur in die Mühle.

BUNTING In was für eine Mühle?

RIKKE Nun – in die peinliche, die der Kleine dreht. Die tut weh.

BUNTING Du meinst – dein Vater.

RIKKE *lacht* Mein Vater –

BUNTING Jetzt machst du mich neugierig.

RIKKE Der – soll mein Vater sein? *Lacht.*

BUNTING Wer sonst?

RIKKE Das weiß ich nicht.

BUNTING Aber deine Mutter –

RIKKE *wieder ernst* Du meinst die alte Frau, die seinige? Die hat nie ein Kind geboren.

BUNTING Woher weißt du das?

RIKKE Sie war krank, sie hat schon die Ölung bekommen, vorletzte Ostern, und geglaubt, daß sie sterben muß. Da hat sie mir's gesagt.

BUNTING Nämlich? Erzähl.

RIKKE Aber dann mußt du mir auch was erzählen.

BUNTING Erst du.

RIKKE Vor achtzehn Jahren, hat sie gesagt, da haben sie eine angeklagt, weil sie Kinder verhext hätte, daß sie toll wurden und nicht mehr leben wollten oder fortgelaufen sind von zu Hause –

BUNTING Kinder –

RIKKE Was man so Kinder nennt. Hierzuland wird man ein Kind genannt, bis man selber eins kriegt. Auch Vieh soll sie verhext haben, und mit dem Teufel geschlafen, aber ich glaub das nicht. Sie war noch jung und in Hoffnung. Das hat keiner gewußt außer dem Kleinen, denn sie war viele Monate eingesperrt und in Eisen gelegt, ohne Licht, im Kerker. Dort hat sie geboren, auf dem nackten Stein.

BUNTING Und das Kind?

RIKKE Den Kleinen hat es gedauert. Wenn ein Kind weint, das kann er nicht ertragen. Sie haben gesagt – er und sein Weib –, ich sei ihr eigenes, denn sie hatten keins. Und da sie allein wohnen müssen und nicht unter die Leute gehn, hat's niemand nachprüfen können. Meine Mutter, die haben sie dann –

BUNTING Was haben sie?

RIKKE Ich will nicht dran denken, was sie mit meiner Mutter gemacht haben.

BUNTING Gefoltert und lebendig verbrannt. Oder ins Wasser geworfen, mit einem Stein um den Hals.

RIKKE Ich will nicht dran denken.

BUNTING Und du sagst Vater – zu dem Kleinen.

RIKKE So hat man mich geheißen.

BUNTING Hast du ihn gern?

RIKKE Ich weiß nicht. Ich muß ihm dankbar sein. Ohne ihn – da wär ich gar nicht da.

BUNTING Dafür – soll man dankbar sein? Daß man da ist?

RIKKE Ja. Ich bin gerne da.

BUNTING Vielleicht hast du recht. Meintwegen. Ich muß ihm auch dankbar sein.

RIKKE Weil er dir Arbeit gibt.

BUNTING Nein. Weil du da bist.

RIKKE Liegt dir was dran?

BUNTING Natürlich. Du bringst mir das Essen – und einen Schnaps dazu.

RIKKE Ach du – *Lacht leise.*

Bunting nimmt einen Schluck, pfropft das Krüglein zu, steht auf, zieht seine Jacke an.

Ist dir kalt?

BUNTING Mich schauert's ein wenig. Es kommt Wind auf.

RIKKE Jetzt bist du dran.

BUNTING Ich hab aber nichts zu erzählen.

RIKKE Doch. Wo du herkommst, will ich wissen, und was du früher gemacht hast.

BUNTING Wenn ich was erzähle, so ist das alles gelogen. Gelogen, geschwindelt und aus der Luft geholt.

RIKKE Dann hast du was zu verheimlichen.

BUNTING Kann sein.

RIKKE Aber du kannst doch sagen, wo du herkommst. Ich meine – wo du zu Hause warst.

BUNTING *heiter* Ich war nirgends zu Hause.

RIKKE In einem Land mußt du gewesen sein. Du sprichst anders als hier.

BUNTING *lacht* Du bist hartnäckig. Ja, in einem Land bin ich gewesen, das ist weit von hier. Und da kann ich nicht wieder hin.

RIKKE Warum? Hast du was angestellt?

BUNTING *zuckt die Achseln* Sie wollten mich zu den Soldaten stecken, es war Krieg dort, da bin ich davon. Es war ein schönes Land.

RIKKE Und du kannst nie mehr zurück?

BUNTING Ich könnte schon, wenn ich was mitbringe.

RIKKE Was? Gold womöglich?

BUNTING Nein, das haben die selber dort.

RIKKE Was sonst?

BUNTING Menschenfleisch.

RIKKE Menschenfleisch?

BUNTING Lebendiges nämlich. Das braucht man dort.

RIKKE Das versteh ich nicht.

BUNTING Ist auch nicht nötig. Denn ich tu es nicht.

RIKKE Jetzt glaub ich wirklich, du lügst mir was vor. Aber ich denk mir mein Teil.

BUNTING Das kann dir niemand verbieten.

RIKKE Du bist nicht einfach ein Landstreicher oder Strauchdieb. Auch keiner, der nur so vor den Landsknechten davongelaufen ist.

BUNTING So. Woran erkennst du das?

RIKKE An deinen Händen. Die sind anders. Nicht wie von einem Mann, der immer hat schaffen müssen. Auch nicht wie von einem Soldaten. Kräftig schon, aber anders.

BUNTING Ich bin ein Musikant, das ist es.

RIKKE Nicht nur. Ich glaube – man hat dir was angetan. Und du hast etwas vor.

BUNTING Wie kommst du auf so was?

RIKKE Du schaust manchmal so vor dich hin, wenn du nicht merkst, daß man dir zusieht.

BUNTING Jeder – schaut manchmal so vor sich hin, wenn er nicht merkt, daß man ihm zusieht.

RIKKE Du hast gesagt, du hättest keinen Grund, jemanden zu schonen. Also mußt du einen Grund haben, niemanden zu schonen.

BUNTING *schaut sie an* Warum denkst du überhaupt über mich nach? Was geht dich das an, was ich für Gründe habe, so oder so.

RIKKE Was geht einen an, und was geht einen nicht an? Man spinnt sich halt seine Gedanken. *Sie schließt die Hände über den Knien, summt vor sich hin.*

BUNTING *neben ihr sitzend, streckt die Beine aus, legt den Kopf zurück* Was spinnst du jetzt?

RIKKE Im Stadtgraben, wo die Jungen manchmal heimlich zusammenkommen, da erzählen sie, daß der Kaiser noch lebt.

BUNTING Natürlich lebt er. Er heißt Rudolf, von der Habichtsburg, und hat in Böhmen gesiegt, leider.

RIKKE Davon weiß ich nichts, und den meine ich nicht. Ich meine den Jungen, aus dem Süden, der schon vor langer Zeit gestorben ist. Aber er ist gar nicht gestorben, sagen sie, sondern hat sich nur unsichtbar gemacht, durch einen Zauber. Jetzt soll er durch die Länder ziehen – in Franken ist er gesehen worden – als Bettler und Vagabund verkleidet, bis zu dem Tag, wo ihm alle folgen und er Gericht hält. Er soll die ewige Jugend haben und kann Wunder tun.

BUNTING *amüsiert* Und du glaubst, so einer könnte ich sein?

RIKKE *spöttisch* Kannst du Wunder tun?

BUNTING Paß auf.

Er nimmt die Flöte aus dem Gürtel, wiegt sie hin und her. Dann setzt er sie an, bläst den gleichen dünnen Ton wie am Anfang. Sofort kommt von der Grube her das scharfe, zischende Pfeifen. Rikke springt auf, als wolle sie davonrennen, mit einem kleinen Schrei. Bunting setzt die Flöte ab, schmeißt einen Stein wie vorher. Das Geräusch verstummt.

RIKKE *heftig atmend* Jetzt hast du mich aber erschreckt –

BUNTING *lacht* Du kannst dich ruhig wieder zu mir setzen. Die tun dir nichts.

RIKKE *bleibt stehen* Gibt es denn so was? Die fangen an zu quietschen, wenn du pfeifst, wie – wie wenn sie Angst hätten –

BUNTING Du hast es gemerkt, sie kriegen's mit der Angst. Und hätten noch mehr Angst oder würden fliehen, aus ihren Löchern, das heißt: mir nachlaufen, wenn ich mehr pfeife. Neunmal soll man es tun. *Steckt die Flöte weg.*

RIKKE *starrt ihn an, mit blassen Lippen* Dann bist du ein Hexer. Ich habe nie an so etwas geglaubt –

BUNTING Unsinn. Da ist gar kein Zauber dabei. Man muß das nur wissen, und die Zigeuner, die wissen das. Komm doch wieder her.

RIKKE Nur wenn du nicht mehr so pfeifst.

BUNTING Ich versprech es dir. Aber ich will's dir erklären.

Rikke kommt, noch mißtrauisch, näher, wie auf Zehenspitzen. Bunting lächelt, streckt die Hand aus.

Gib mir die Hand.

Rikke gibt ihm zögernd die Hand. Er hält sie einen Augenblick, schaut ihr ins Gesicht, lächelnd.

Nun?

RIKKE *wie erlöst* Jetzt bist du wieder wie sonst.

BUNTING Siehst du. Ich bin immer wie sonst. Jeder Mensch ist immer wie sonst. Nur daß er manchmal eben – außer sich ist. Das gehört zum Leben.

RIKKE Ja – aber die Ratten?

BUNTING Setz dich. Du wolltest doch, daß ich dir was erzähle. Jetzt erzähl ich dir was, das ist nicht gelogen.

RIKKE Du bist doch gar kein Zigeuner –

BUNTING Nein. Aber ich habe bei ihnen gelebt. Und die Zigeuner, die wissen viel, sie müssen viel wissen, denn sie sind immer auf der Wanderschaft und werden immer verfolgt. Ich habe gesehen und gelernt, wie sie die Tiere anlocken, wenn sie Hunger haben, oder solche, die ihnen schädlich sind und die sie vertilgen wollen. Sie können Igel und Wachteln herbeipfeifen, wo's keine Hühner zu stehlen gibt, sie kennen auch einen Laut, vor dem der Fuchs erschrickt und seine Beute fallen läßt. Da gibt es Töne, die wir gar nicht hören können, aber die Tiere hören sie und können dem nicht widerstehn. So ist es auch mit den Ratten.

RIKKE *nachdenklich* Da könntest du – alle Ratten toll machen und in den Fluß jagen, wo er am tiefsten ist und sie wegreißt.

BUNTING Wenn ich es wollte, könnte ich das vielleicht.

RIKKE Aber da würden sie dich für einen Hexer halten.

BUNTING Das fürchte ich auch. Sonst hätte ich's deinem Vater – ich meine dem Kleinen – schon gesagt. Denn er muß jetzt nachts immer Ratten schlagen und Löcher verstopfen, auf Stadtbefehl. Das nutzt aber nichts, es gibt zu viele.

RIKKE Ich glaube, sie würden dir nichts tun, auch wenn sie dich für einen Zauberer halten. Ja, sie müssen dich für einen Zauberer halten, sonst lachen sie dich nur aus, so sind sie.

BUNTING Ja, so sind sie.

RIKKE Du könntest Sicherheit verlangen, Belohnung und freien Abzug.

BUNTING Ich will aber gar nicht abziehen.

RIKKE Du – willst nicht wieder fort? Möchtest hier bleiben?

BUNTING Allerdings nicht bei d e m Geschäft.

RIKKE Was würdest du sonst anfangen?

BUNTING Das Dümmste was es gibt. Ich möchte Bauer sein, mit einem Stück Land, und an einem Ort bleiben. Ich bin noch nie an einem Ort geblieben. Ich habe es satt.

RIKKE Wenn es dir hier gefällt –

BUNTING Es ist nicht schlechter als anderswo.

RIKKE *nach einer Pause* Ein Bauer – ganz allein.

BUNTING D a s – hab ich nicht gesagt.

Er schaut sie an, sie schaut unter sich. Dann steht sie auf, tut die Schüssel und das Krüglein in den Korb, geht. Nach ein paar Schritten dreht sie sich noch einmal um, legt den Finger auf die Lippen. Bunting legt gleichfalls den Finger auf die Lippen, schnickt ihn dann nach ihr, als werfe er ihr einen Kuß zu. Sie geht.

VIII.

In Gruelhots Haus, der gleiche Raum wie früher. Heller Mittag. Vor Gruelhot steht, in devoter Haltung, der Kleine Henker, hinter ihm, eher aufsässig, der Hostienbäcker.

GRUELHOT Mit einer Pfeife, sagst du – und das soll ich glauben?

KLEINER HENKER Verständigerweise nicht, Euer Gnaden. Aber was man glaubt, ist ja, gewissermaßen, das Unverständige. Womit nicht gesagt sein soll, daß nicht manchmal auch das Verständige geglaubt werden kann.

GRUELHOT Haltet mich nicht auf mit Geschwätz, ich muß zurück in die Sitzung. *Zum Hostienbäcker* Wenn du mich, eines abergläubischen Schwindels wegen, hast herausrufen lassen –

HOSTIENBÄCKER Ich riskiere nur, wo sich's lohnt, sonst tät ich mich hüten. Herr Stadtregent wissen Bescheid.

GRUELHOT Und ihr habt den Kerl gleich mitgebracht?

KLEINER HENKER Er wartet, anstandsgemäß, in der Küche.

GRUELHOT Du meinst wirklich, daß er zaubern kann?

KLEINER HENKER Insofern die Ratten beteiligt sind, wie der Malefiz persönlich. Wenn er pfeift, quieken sie, und wenn er mehr pfeift, rennen sie hinterdrein bis ins Rote Meer, wenn die ägyptische Vergleichsweise gebührlich ist.

GRUELHOT Ich laß ihn ins Turmgelaß schmeißen, da soll er sehen, wie er mit den Ratten fertig wird.

HOSTIENBÄCKER Wenn ich recht unterrichtet bin, ist die heutige Ratssitzung wegen Notstand einberufen worden. Es sollen Todesfälle vorgekommen sein, auch in der vorderen Stadt, man redet von Rattenbiß oder vom schwarzen –

GRUELHOT Das geht dich nichts an!

HOSTIENBÄCKER Aber andere Leute. Wer da ein Mittel wüßte – der könnte sich hochverdient machen. Und verdienen.

GRUELHOT Ruf ihn herein.

Kleiner Henker verbeugt sich. Läuft hinaus.

HOSTIENBÄCKER Geschäftlich gesprochen, zehn Prozent der Belohnung und eine Sonderprämie. Ohne mich hätte sich der Kleine nie hergetraut.

GRUELHOT Wie steht's hinten?

HOSTIENBÄCKER Schlecht. Die werden immer wilder. Sie wollen –

GRUELHOT Das genügt.

HOSTIENBÄCKER *rasch* – die Judengasse anzünden und die Badhäuser.

Kleiner Henker kommt mit dem Bunting, der sich mit stolzer Höflichkeit bewegt und kurz den Kopf neigt.

GRUELHOT Du behauptest, ein Zauberer zu sein.

BUNTING Nicht daß ich wüßte, mein Herr.

GRUELHOT So bist du nichts als ein vagierender Fallensteller und Gezüchtvertilger.

BUNTING *lächelnd* Derzeit bin ich – städtischer Beamter.

Weist auf den Kleinen Henker Allerdings ohne festes Mandat.

Gruelhot will aufbrausen.

KLEINER HENKER *schnell ablenkend* Es handelt sich nicht um Verfallnis, ich meine mit Schnapp- oder Schlageisen, auch nicht um Vergiftung, es ist eine – pfiffige Magie! Mit der Pfeife nämlich.

GRUELHOT Das Ding wird beschlagnahmt. Nehmt ihm die Pfeife ab.

BUNTING *nimmt sie sofort aus dem Gürtel, reicht sie Gruelhot hin* Wenn sich der Herr bedienen möchte – es ist leicht zu erlernen. Ich stehe für Lektionen zur Verfügung.

GRUELHOT *ohne die Flöte zu berühren* Ist es wahr, daß dir die Ratten folgen, wenn du bläst?

BUNTING Wenn ich auf eine bestimmte Art blase, scheinen sie das zu müssen. Ich war selbst überrascht.

HOSTIENBÄCKER Ich kann es bezeugen, sie sind ihm nachgerannt vom Calvari draußen bis zu dem Wirbel im Mühlenbach, woselbst sie ersoffen.

GRUELHOT So ist es doch Hexerei, und das ist sündhaft. Du hast dich von jetzt an als Häftling zu betrachten.

BUNTING Mit Vergnügen. Natürlich geziemt es einem Häftling, sich still zu verhalten und nicht zu pfeifen. *Steckt die Flöte ein.*

GRUELHOT Man wird dir befehlen, was du zu tun hast.

BUNTING Es gibt Dinge, die gehen nicht auf Befehl, und es gibt Menschen, die sind auch als Häftling frei.

GRUELHOT *sieht ihn scharf an* Wer bist du überhaupt? Wo kommst du her, was ist deine Abstammung?

BUNTING *mit überlegener Bescheidenheit* Das mag in einer Adelschronik stehn. Zunächst bin ich ein Gast in Ihrer Stadt und keines Menschen Untertan, dem ich Rede und Antwort zu stehen hätte.

GRUELHOT Ein Häftling hat zu antworten.

BUNTING Ich habe geantwortet.

GRUELHOT *zum Kleinen Henker* Was hat er dir gesagt?

KLEINER HENKER Als ich ihn traf, gnädiger Herr, da hat sein Magen geknurrt, so laut, wie wenn man einem Hofhund seinen Knochen abnimmt, so – *Er knurrt.*

GRUELHOT Und du hast ihn eingestellt, ohne ihn zu befragen?

KLEINER HENKER O doch, und er hat freidienlich gesagt, daß er ein Musikant war in Böhmen, aber er hat auch eine Vorvergangenheit, was das Herkömmliche betrifft. Er ist, wenn ich so sagen darf, ein Mynysterium.

GRUELHOT Wie läßt er sich an bei der Arbeit, wie verhält er sich dir gegenüber?

KLEINER HENKER Wie ein Sohn zum Vater. Nur freundlicher. Viel freundlicher.

GRUELHOT *zum Bunting* Bist du hierher gekommen, um der Stadt deine Dienste anzubieten?

BUNTING Als ich herkam, wußte ich noch nicht, daß die Stadt sie benötigt.

GRUELHOT Was würdest du, falls es kein Humbug ist und wir die Plage loswerden, verlangen?

BUNTING Ich habe noch nicht darüber nachgedacht.

GRUELHOT Denke rasch. Ich muß es den Herrn vorschlagen, die mich im Rathaus erwarten.

BUNTING Möchten nicht Sie mir einen Vorschlag machen, mein Herr?

GRUELHOT Im Falle des Versagens: Auspeitschung und Stadtverweisung. Für den Fall des Gelingens – sagen wir – eine bestimmte Summe, ich muß das mit dem Stadtkämmerer besprechen.

BUNTING Es wäre ratsam, mit dem Herrn Kämmerer den Schaden auszurechnen, welchen die Stadt durch die Plage monatlich erleidet, und zwar in steigender Skala. Darnach ließe sich der Wert einer Abhilfe bemessen.

GRUELHOT *zum Kleinen Henker und Hostienbäcker* Ihr könnt gehen. *Die beiden verziehen sich. Zum Bunting* Du wartest hier, bis ich zurückkomme, und verläßt dieses Haus nicht, bevor die Sache geklärt ist. Ich werde die Eingänge bewachen lassen.

ELKEN *die Kammerfrau, ist eingetreten* Die gnädige Frau läßt fragen, wann das Mittagsmahl gerichtet werden kann.

GRUELHOT Sag ihr, ich bin heute verhindert, der Hohe Rat wird bis zum Abend tagen. Sie möchte mit den Kindern allein speisen. *Geht*

ELKEN *schaut den Bunting an, der sich höflich verneigt* Bist du hungrig?

BUNTING Ich danke, nein, meine Dame.

ELKEN Du kannst in die Küche kommen, wir haben genug.

BUNTING Ich habe den Auftrag, hier zu warten. Ich weiß auch nicht, ob es schicklich wäre, mich in der Küche zu bedienen.

ELKEN Wie du meinst. *Schaut ihn befremdet an, geht.*

BUNTING *lächelt, bis sie verschwunden ist, dann fällt er plötzlich ab, erlöschend, wie jemand, der Angst vor seinem eigenen Mut bekommt. Er geht einige Male im Kreis, hält ein, zuckt die Achseln, sagt vor sich hin.*

Eingekreist.

Dann setzt er sich, nimmt die Flöte heraus, trillert leise. Coelestin und Stellamarie kommen herein. Sie sehen aus wie junge Leute, die von der Schule heimkommen. Bunting ist aufgestanden, hat die Flöte versorgt.

COELESTIN *überrascht* Hast du jetzt das Rohr geblasen?
Bunting nickt.
Es klang wie ein Vogel, in der Frühe. Was tust du hier?

BUNTING Ich habe mit eurem Vater etwas zu besprechen – wenn ich recht rate, daß ihr die Kinder seid.

STELLAMARIE Kinder –

COELESTIN Mit unsrem Vater – der versteht nichts von Musik. Willst du Pfeifer werden, bei den Stadtmusikanten?

BUNTING Vielleicht auch das.

STELLAMARIE Das wäre fein, wir haben nur alte, schlechte, die immer denselben Bung machen. Wie soll man da tanzen, wenn alles so lahmdösig geht.

BUNTING Tanzt du gern?

STELLAMARIE Nicht wenn die Alten zuschauen. Nicht so, wie wir sollen.

BUNTING Sondern wie?

STELLAMARIE Ich weiß nicht –

COELESTIN Manchmal tanzen wir unter uns, meine Schwester und ich und ein paar andere, aber ohne Musik, von uns kann keiner spielen, wir summen uns nur was dazu, wenn wir allein sind.

BUNTING Im Stadtgraben.

COELESTIN Woher weißt du das?

BUNTING Wo sonst sollt ihr allein sein?

COELESTIN Aber das darf niemand wissen –

BUNTING Ich sage nichts.

STELLAMARIE Bist du arm?

BUNTING Warum glaubst du?

STELLAMARIE Du trägst hübsche Kleider, aber alt.

BUNTING Ich bin Gehilfe beim Henker.

STELLAMARIE Du –?

COELESTIN *nach einer Pause* Dann dürften wir eigentlich nicht mit dir sprechen. Aber du siehst nicht aus, wie wenn du –

BUNTING Was?

COELESTIN Unehrlich wärst. Oder grausam.

BUNTING Die Grausamen sehen selten so aus.

STELLAMARIE Du bist nicht von hier, da macht es nichts. Da brauchen wir von deinem Stand nichts zu wissen.

BUNTING Ich komme ohnehin nicht wieder in euer Haus.

STELLAMARIE Man kann sich anderswo begegnen.

COELESTIN Stella!

BUNTING Das wird schwer sein. Ich darf sonst nicht in die Stadt.

STELLAMARIE Willst du nicht aufspielen für uns im Stadtgraben, heimlich?

COELESTIN Achtung.

Man hört die Stimmen Divanas und Elkens.

STELLAMARIE Für mich?

COELESTIN Ist es wegen dir, daß die Wache vorm Haus steht?

Bunting grinst, nickt.

STIMME ELKENS *der Kammerfrau* Coelestin! Stellamarie!

COELESTIN Werden sie dir was tun?

BUNTING Ich glaube kaum.

STELLAMARIE *rasch* Wir sind dort Samstag abends, nach der Vesper, wenn die Alten zur Andacht müssen.

COELESTIN *wie unter Zwang, leise* Bei den Ebereschen, wo die Mauer ein Loch hat.

DIVANA *kommt herein. Sie trägt ein vornehmes Hauskleid mit hellem Spitzeneinsatz und kurzen Ärmeln. An einer dünnen Goldkette hängt ein großer, funkelnder Rubin auf ihrer Brust* Geht zu Elken, sie wartet schon mit der Suppe.

STELLAMARIE Und du?

DIVANA Ich habe schon gegessen.

Coelestin und Stellamarie gehen. Divana mustert den Bunting, ohne Lächeln.

BUNTING *legt die rechte Hand aufs Herz, schwingt die linke ein wenig zurück, neigt den Kopf* Ciavo Gospodina.

DIVANA Was heißt das?

BUNTING Ich bin dein Sklave, Herrin.

DIVANA Es klingt schöner in deiner Sprache.

BUNTING Es ist nicht meine Sprache, und es sind zwei Sprachen. Die erste spricht man in Venedig, die zweite in Polen, an der Viscula. Doch nur unter den Edlen.

DIVANA Bist du dort überall gewesen?

BUNTING Ich bin viel gereist.

DIVANA Seltsam. Man hat mir gesagt, du seist ein Henkersknecht, der Ratten totschlägt. Meine Kammerfrau hat es gehört.

BUNTING Es ist nicht meine Art, Tiere totzuschlagen. Aber ich liebe die Jagd – die Reiherbeiz am meisten, mit dem Falken. Das ist eine königliche Kunst.

DIVANA Ich weiß. Mein Vater hat sie betrieben, aber man findet hier keinen Falkenier, der die Greifvögel abzurichten versteht.

BUNTING Es braucht viel Geduld und Kenntnis. Man betreibt das im Süden, in den Sumpfgebieten Italiens, aber auch in den östlichen Steppen, wo man den Goldadler dafür zähmt.

DIVANA Du sprichst von fürstlichen Künsten und tust niedrige Dienste für Geld. Du bist hier, um dem Stadtregenten Geld zu entlocken.

BUNTING Ich brauche kein Geld. Das heißt, ich brauche es manchmal, wie es jeder braucht, um zu leben. Aber ich hasse das Geld.

DIVANA Du bist der erste, dem ich das beinah glaube. *Sie setzt sich, schlägt ein Bein übers Knie, spricht ohne ihn anzuschauen* Wir hatten einmal einen Edelmann im Schloß, für besondere Dienste, der dir ähnlich sah, er war jünger als du und sehr scheu. Er sollte mein Page werden. Er ist dann gestorben, ich meine, der Junge, der dir ähnlich sah, ich konnte nichts dafür – oder doch, ich konnte einfach nicht aufhören, bei der Hetzjagd auf einen Hirschen, obwohl es in Strömen goß. Die Meute hatte die Spur verloren, und die Meutführer kehrten um, aber er mußte mir folgen, dann bekam er das Fieber. Ich wollte ihn pflegen, aber ich durfte nicht in sein Zimmer, es gehörte sich nicht. Bei der Totenmesse – sah ich ihn plötzlich nicht mehr, das heißt, ich konnte mich nicht erinnern, wie er aussah, sein Gesicht, seine Hände, alles wie fortgewischt. Das hat mich lange gequält, jetzt kann ich es wieder, mich erinnern – überhaupt an alles. Ich habe nicht geweint, damals, nur später, als ich dann in die Stadt mußte, meines Vaters wegen, und mein Pferd verlassen – das war wie Verrat. Man verkauft sich nicht gerne, und nicht ungestraft. Setz dich daher, auf den Schemel, neben mich.

Bunting tut es.

Auch ich hasse das Geld. Aber ich liebe Schmuck. Nicht nur weil er schön ist, oder schöner macht, wenn man ihn trägt. Es ist eine Kraft darin, die mich – ja, die mich – ich könnte töten für Schmuck.

BUNTING Das hat manche getan.

DIVANA Siehst du den Rubin auf meiner Brust? Ich weiß nicht, was er meinen Mann gekostet hat, ich weiß nur, daß er ruiniert ist. Aber das ist für einen Geschäftsmann nicht anders, wie wenn ein Schachspieler seine Bauern verliert und einen Turm. Dann kann er immer noch springen, mit der Königin – solang er sie hat. Hast du viele Frauen geliebt?

BUNTING Geliebt?

DIVANA Ich meinte, besessen.

BUNTING Man besitzt nicht, was man liebt. Nur was man wieder wegwirft.

DIVANA *faßt den Rubin an* Ich besitze diesen Stein – und ich könnte ihn wegwerfen. Willst du ihn haben?

BUNTING Ich möchte nichts, was eine Herrin wegwirft.

DIVANA Sag nicht Herrin zu mir. Wie war das andere Wort?

BUNTING Gospodina.

DIVANA Schau mich an. Du hast Macht über Menschen. Erschrick nicht. Warum spreche ich sonst mit dir?

BUNTING Ich habe keine Lust nach Macht.

DIVANA Aber du hast sie. Ich habe den Blick meiner Tochter gesehen, als ich sie hinausschickte. Hättest du den Mut, mich zu küssen?

BUNTING Ciavo Gospodina. *Er küßt ihre Hand.*

DIVANA Genügt dir das?

BUNTING Mehr – habe ich nicht zu wünschen.

DIVANA Sklave.

BUNTING Das ist ein Wort. Ich gehöre dir nicht.

Die Tür knarrt.

DIVANA *steht auf* Paß auf. Du bist in Gefahr. *Sie geht.*

Bunting bleibt noch einen Augenblick auf dem Schemel sitzen mit einem Ausdruck von Staunen, Furcht und Verachtung. Gruelhot kommt herein mit dem Stadtkämmerer von der Campen und dem Stadtrichter von Emmern. Bunting steht auf.

GRUELHOT Wiederhole vor diesen Herrn, daß du behauptest, die Ratten aus der Stadt und ihrer Umgebung wegzaubern zu können.

BUNTING Von Zaubern habe ich nichts gesagt. Aber ich kann sie mit meiner Flöte aus den Kellern und Löchern locken und sie dorthin führen, wo sie untergehn. In den Strom zum Beispiel, wenn ich in einen Kahn springe.

GRUELHOT So daß sie nicht wiederkommen?

BUNTING Die nicht, die ertrunken sind, doch es werden nicht alle sein. Die Erfahrung lehrt, daß Ratten ein Wandervolk sind, das in Scharen auftritt und weiterzieht, wo sich's bedroht fühlt.

RICHTER Hast du das öfters getan? Ist das dein Gewerbe?

BUNTING Nein. Ich habe hier zum ersten Mal den Ton getroffen.

RICHTER Den Zauberton.

BUNTING Ich zaubere nicht.

RICHTER Du wirst nicht behaupten, daß so was mit natürlichen Dingen zugeht.

BUNTING Es gibt natürliche Dinge, die wir kennen, und es gibt verborgene, die auch natürlich sind.

RICHTER Du leugnest das Übernatürliche?

BUNTING Nein. Aber hier handelt sich's um Ratten.

KÄMMERER Und um Hunger und Not. Wir sollten's versuchen.

GRUELHOT *tritt zurück* Der Herr Stadtkämmerer hat das Wort.

KÄMMERER Ich will nicht mit dir handeln. Ich nenne einen Preis, einen hohen Preis, du kannst ja oder nein sagen. Wenn du uns wirklich von der Plage befreist, erhältst du von der Stadt hundert braunschweigische Taler. Das ist sehr viel Geld, mehr als der Ertrag einer Jahresernte.

BUNTING Ich habe nachgedacht. Ich will kein Geld.

GRUELHOT Kein Geld?

Bunting schüttelt den Kopf.

So ist es doch ein Schwindel. Kein Schinder sticht einen Hund ab ohne Belohnung.

BUNTING Ich verlange Belohnung, aber nicht in Münze. Ich verlange alle Rechte eines freien Bürgers dieser Stadt. Auch das Marktrecht. Ich verlange im Schutzbann der Stadt ein Stück Bauernland nach meiner eigenen Wahl, um dort das Feld zu bestellen und vom Ertrag zu leben. Ich verlange die Rechte des Holzschlagens und Steinbrechens zum Haus- und Stallbau. Ich nehme den Grund in Pacht, nach zehn Jahren soll er mir gehören, gegen die übliche Zinspflicht. Alle Rechte müssen verbrieft und versiegelt werden.

Schweigen

GRUELHOT *plötzlich schreiend* Was denkst du? Wir können keinen hergelaufenen Stromer in unsere Stadtrechte aufnehmen! Ein Bauer ist Leibeigener, sonst nichts!

BUNTING Dann behaltet die Ratten.

RICHTER Es ist ein sonderbares Verlangen, das du da stellst. Hast du die Mittel, um eine Bauernwirtschaft zu begründen?

BUNTING *leichthin* Auch in der Judengasse wird man froh sein, die Plage loszuwerden. Man kann dort das Geld borgen für Kleinvieh, Saatgut und ein Pferd.

RICHTER Du vergißt die Menschen, die Nachbarn, das landsässige Volk. Wir sind in Niedersachsen.

BUNTING Ich habe gelernt, mit vielerlei Leuten umzugehn.

KÄMMERER Eine solche Forderung übersteigt jede mögliche –

Gruelhot hat sich besonnen, steht jetzt hinter dem Bunting, macht den andern ein Zeichen.

Das heißt, man muß sich das überlegen –

GRUELHOT – und die Sache dem Hohen Rat vortragen.

BUNTING Der Hohe Rat wird beschließen, was die Herrn ihm empfehlen – wenn sie es mit dem nötigen Nachdruck tun. Das heißt: Was ich verlangt habe, ist eine Bedingung.

GRUELHOT Wir werden dem Rat die Annahme empfehlen.

BUNTING Wann soll ich mit der Arbeit beginnen?

GRUELHOT Was ist die günstigste Stunde?

BUNTING Kurz vor der Dämmerung, in der Frühe.

GRUELHOT Dann gleich morgen früh am besten.

RICHTER Morgen ist St. Johannis, ein hohes Fest.

GRUELHOT Das ist gleich, wir haben keine Zeit zu verlieren. Es muß alles vorüber sein, bevor es zur Frühmesse läutet.

BUNTING Falls die Verträge unterzeichnet sind, die man mir nach dem Gelingen übergeben wird.

KÄMMERER Du scheinst sehr sicher zu sein.

BUNTING Ziemlich.

RICHTER Ich erhebe Einspruch. Wir können uns keinen Zauberdienst erkaufen ohne geistlichen Rat. Wir würden uns sonst der Mithilfe zur Hexerei schuldig machen. Wir müssen die Kirche fragen.

GRUELHOT Nicht den Propst! Der macht uns Schwierigkeiten, auf jeden Fall.

RICHTER Nein. Unseren Dekan, den Herrn Ludger.

GRUELHOT Wollt ihr den Burschen hinbringen, er ist jetzt im Stift und gibt Unterricht. Ich komme nach.

RICHTER *zum Bunting* Folge uns.

Kämmerer und Richter gehen, der Bunting folgt.

GRUELHOT *wartet, bis sich die Tür geschlossen hat, geht dann zu dem Vorhang, der die rückwärtigen Räume abtrennt* Divana –

Divana tritt ein.

Hast du den Menschen gesehen?

DIVANA Ich habe mit ihm gesprochen. Er führt sich auf – wie ein Herr.

GRUELHOT Ich halte ihn für einen abgefeimten Schwindler.

DIVANA Mag sein. Aber vielleicht hat er Kräfte – von besonderer Art.

GRUELHOT Wir werden's versuchen. Wenn er die Pest verschwinden macht, haben wir Glück. Und dann – wird er verschwinden.

DIVANA Was hat er verlangt?

GRUELHOT Kein Geld! Er hätte hundert Taler haben können. Er verlangt freie Stadtrechte und Bauernland.

DIVANA Dann – weiß er eine Bäuerin, die ihn versorgt.

GRUELHOT Das spielt keine Rolle. Wir werden ihn versorgen.

DIVANA Nicht so rasch. Ich wünsche, daß er zum Sonnwendfest für mich zum Tanz spielt.

GRUELHOT Das gibt Scherereien mit den Stadtmusikanten.

DIVANA Lächerlich.

GRUELHOT Das Fest ist erst morgen abend, das ist zu lang, man sollte ihn gar nicht mehr sehen, hinterher.

DIVANA Ich wünsche es.

Gruelhot senkt den Kopf, geht. Divana setzt sich, spielt mit dem Rubin, fährt plötzlich mit der Hand zum Herzen, stöhnt leise, ruft Elken! *Elken kommt rasch.*

Elken, den Wein mit dem Kräutersaft.

ELKEN *eilt, kommt mit einem Becher zurück, in den sie aus einem Fläschchen etwas gießt* Es ist der letzte. Das Mädchen mit den Kräutern ist nicht mehr gekommen.

DIVANA Man soll nach ihr schicken. *Hält den Becher, noch ohne ihn anzusetzen* Ist das nicht die Tochter des Henkers?

ELKEN Die Tochter oder Ziehtochter, das ist ungewiß.

DIVANA Man soll nach ihr schicken. Ich brauche den Saft, morgen, vor dem Fest. *Trinkt.*

IX.

Studierzimmer des Dekans und Weihbischofs Ludger Humilis Hamelonis. Ein romanischer Bogen, ein hölzernes Stehpult mit Kruzifix, Schemel.

Ludger ist ein gebrechlicher alter Mann mit klaren Augen und einer festen Stimme. Er trägt dunkelviolette Soutane und ein silbernes Kreuz auf der Brust.

Bei ihm sind Coelestin und Johannes van Lüde, der gelähmte Sohn der Kammerfrau Elken.

LUDGER Gegenstand unserer heutigen Rhetorikstunde?

JOHANNES De desideratione Dei.

LUDGER Wie übersetzen wir das?

COELESTIN Von der Begierde Gottes.

JOHANNES Ist das der Sinn? Meint es Gottes Begierde oder die Begierde nach Gott?

LUDGER Denke zum Vergleich an Amor Dei. Es kann die Liebe Gottes sein, aber auch des Menschen Liebe zu Gott.

JOHANNES Und desideratio kann die Begierde heißen, aber noch mehr Wunsch, die Sehnsucht.

COELESTIN Also heißt es des Menschen Sehnsucht nach Gott. Dann könnte Gott sich sehnen nach sich selbst?

JOHANNES Wenn Gott alle Empfindungen in uns gelegt hat, deren wir fähig sind, so müssen auch alle Empfindungen in ihm, nämlich in seinem unendlichen Wesen, vorhanden sein. Desideratio – wenn ich das Wort mit Sehnsucht übersetzen darf –
Ludger nickt.
– wäre also eine der Eigenschaften Gottes, die ohne Zahl sind, wie die Eigenschaften und Erscheinungen der natürlichen Welt, und doch ein Wesen, ein Ganzes. Wäre es nicht denkbar, daß im Wesen Gottes eine Sehnsucht schlummert nach einer Vollkommenheit der Welt, welche er unvollkommen geschaffen hat, damit sie sich selbst vollende?

LUDGER Durch die Mittlerschaft Jesu Christi, des Gottessohns.

JOHANNES Auch dieser, welcher ja selbst göttlichen Wesens ist, empfand jene Sehnsucht, denn was anderes wäre die Menschenliebe als der Wunsch, den Menschen vollkommener zu machen?

COELESTIN Dann war meine erste Übersetzung nicht falsch, wenn auch unbedacht. Bedenke ich sie recht – *Blick zu Ludger.*

LUDGER Sage, was du denkst.

COELESTIN – So wäre die Begierde oder die Sehnsucht nach Gott kaum eine natürliche Eigenschaft des Menschen.

LUDGER Wie kommst du darauf?

COELESTIN Kann sich ein Mensch nach etwas sehnen, das er nicht kennt? Oder das er sich – nicht vorstellen kann, auch wenn er daran glaubt?

JOHANNES Ich glaube, man kann sich nur nach dem sehnen, was man nicht kennt. Der Blinde nach dem Licht, der Taube nach dem Laut – *Fast beschämt* der Lahme –

COELESTIN Von alledem weiß der Mensch, denn man hat zu ihm gesprochen. Gott aber spricht nicht zu uns. Oder – er spricht nicht mehr.

LUDGER ER hat gesprochen, woher weißt du, daß er nicht wieder sprechen wird?

COELESTIN Ich glaube nicht, daß ich ihn hören könnte. Er hat gesprochen zu den Auserwählten, zu den Propheten.

LUDGER Und zu den ersten Menschen, im Paradies.

COELESTIN Das haben wir verloren, das Paradies.

JOHANNES Doch wir erinnern uns.

COELESTIN Ich kann mich nicht erinnern an das, was vor meinem Leben war.

LUDGER Johannes, du kaust an einem Gedanken. Sprich ihn aus.

JOHANNES Auch wenn er – den Vorgang unserer leiblichen Geburt betrifft?

LUDGER Warum nicht? Sie ist der Quell des kreatürlichen Lebens.

JOHANNES Ich denke mir oft, daß ich vor der Geburt von meiner Mutter umgeben war, in ihrem Leib, ohne sie zu kennen.

Dann brachte sie mich zur Welt, und ich kenne sie nun und lebe mit ihr. So, glaube ich, sind wir als Lebende von Gott umgeben, ohne ihn zu kennen. Wenn wir sterben, werden wir ihn erfahren, so wie das Kind seine Mutter, und mit ihm sein. Warum soll ich den Tod fürchten?

COELESTIN *leise, beklommen* Ich fürchte den Tod. Und ich fürchte immer, er könne mich übermannen – bevor ich wirklich gelebt habe. Ich habe manchmal Angst, einzuschlafen am Abend, weil er kommen könnte, wenn ich nicht bei mir bin.

LUDGER *nachdenklich* Wer sich vorm Tod fürchtet, fürchtet sich auch vorm Leben. Warum bist du so unglücklich, Coelestin? Du bist nicht allein. Du hast ein Heim, du hast Vater und Mutter –

COELESTIN *plötzlich ausbrechend* Ich möchte nie im Schoß meiner Mutter gewesen sein! Nie von ihr geboren. Und wenn Gott wäre wie mein Vater, dann würde ich ihn –

JOHANNES Sprich es nicht aus, bitte.

Ludger legt seine Hand mit einer zärtlichen Bewegung auf Coelestins Scheitel, macht mit dem Daumen das kleine Kreuzzeichen auf seine Stirn.

COELESTIN Verzeiht mir.

Es pocht irgendwo, dann treten Gruelhot, von Emmern und von der Campen mit dem Bunting hinzu.

GRUELHOT Wir bitten, die Störung zu vergeben, hochwürdiger Herr.

LUDGER *erfreut* Die Herrn vom Hohen Rat! Bringt Ihr endlich den flandrischen Architekten mit dem Domplan, auf den ich so lang schon warte!

GRUELHOT Leider nicht. Wir bringen einen, von dem wir fürchten, daß er Magie treibt.

LUDGER *schweigt einen Augenblick, wendet sich zu den Knaben* Wir unterbrechen die Stunde. Wartet im Kreuzgang.

Die beiden gehn. Coelestin wendet sich, während Johannes auf seinen Krücken hinaushumpelt, noch einmal um mit einem Blick nach dem Bunting, den dieser nicht erwidert.

Ich höre.

BUNTING *tritt rasch auf Ludger zu, beugt das Knie* Reverende Diacone, Venerabile Pater, dona mihi sanctam benedictionem.

LUDGER Du sprichst Latein? Bist du in einem Kloster erzogen?

BUNTING Dicis.

LUDGER In welchem? Wie war der Name des Ordens?

BUNTING Est mihi dictum de secretis condicionibus tacere.

GRUELHOT Was hat er gesagt?

LUDGER Es sei ihm geboten, von geheimen Umständen zu schweigen.

GRUELHOT Dann hat er was zu verschweigen.

LUDGER Wir kennen die Gründe nicht. Er hat um meinen Segen gebeten, ich werde ihn nicht verweigern. *Mit der Geste des Segens* Dominus tecum.

BUNTING *die Hände auf der Brust zusammengelegt* Et cum spiritu tuo. *Erhebt sich.*

LUDGER Worauf gründet sich eure Anklage?

RICHTER Es ist noch keine Anklage, doch ein starker Verdacht. Er sagt, er könne die Stadt durch Magie von der Rattenplage befreien. Notgedrungen wollten wir es versuchen und ihm eine Belohnung aussetzen, aber nicht ohne geistliche Entscheidung.

LUDGER Magie, Magie. Ich habe in meinem Leben einige Dutzend Hexenprozesse mitansehen müssen und bin überzeugt, daß keiner davon gerecht war. Welche Art von Magie?

RICHTER Mit einer Zauberpfeife, die er auf sich trägt.

LUDGER *streckt die Hand aus* Darf ich sie sehen?

Bunting reicht ihm mit einem Kopfneigen die Flöte. Ludger schaut die Flöte an, hebt sie dicht vor seine Augen.

Eine alte Venezianerflöte, ein schönes Instrument. *Gibt sie ihm zurück* Hast du den Herrn gesagt, sie sei verzaubert?

BUNTING Ich habe nichts dergleichen gesagt. Ich weiß auch nicht, ob ich es wirklich kann. Es ist ein Versuch, durch einen Pfeifton die Tiere so sehr zu beunruhigen, daß sie blindlings folgen wie auf einer Flucht. Es ist mir einmal gelungen.

LUDGER Und wohin willst du sie locken?

BUNTING In die Weser.

LUDGER Sie können schwimmen.

BUNTING Nicht in der starken Strömung. Aber auch wenn sie sich retten, kämen sie nicht zurück, die Angst treibt sie weiter.

LUDGER Ich habe ähnliches gehört. Gebrauchst du irgendeine Formel oder Beschwörung bei deinem Versuch?

BUNTING Nichts als den Pfeifton in einer bestimmten Wiederholung.

LUDGER Du rufst nicht den Bösen?

BUNTING Ich kenne mein Taufgelübde.

LUDGER Und bist bereit, dies auf die Bibel zu beschwören?

BUNTING Ich schwöre.

LUDGER So sehe ich keinen Grund zu einem kanonischen Verbot. Laßt ihn, mit Gottes Hilfe, versuchen, was er vermag.

GRUELHOT Das ist alles, was wir zu hören wünschten. Darf ich –

LUDGER Noch eine Frage. *Winkt den Bunting nah zu sich heran, sieht ihm in die Augen* Ich frage dich nicht, wo du deine Künste gelernt hast, ich kann mir denken, daß es nicht in der Klosterschule war. Aber sag mir die Wahrheit. Fühlst du in deiner Seele eine Lockung, Macht auszuüben über andere Geschöpfe, Tier oder Mensch? Stehst du in solcher Versuchung? Hast du böse Träume, im Schlaf oder im Wachen?

BUNTING *nach einem Zögern* Ich könnte auf diese Fragen nur im Beichtstuhl antworten.

LUDGER Er steht dir offen. Jetzt kannst du gehn.

Bunting mit einer kurzen Kniebeuge, wendet sich rasch.

GRUELHOT *vertritt ihm den Weg* Nicht allein. Wir betrachten diesen Mann als Häftling.

LUDGER Warum? Hat er im Bereich dieser Stadt eine Straftat begangen? Besteht begründeter Verdacht, daß er ein Unrecht begehen will?

RICHTER Das nicht. Aber er ist ein Fremdling und als solcher bereits ein verdächtiges Element.

LUDGER Das ist kein Grund. Hat er sich durch Bettelei lästig gemacht? Treibt er sich ohne Bleibe herum?

GRUELHOT Er hat Arbeit und Unterkunft als Gehilfe beim Kleinen Henker. Das ist keine ehrliche Arbeit.

LUDGER Gebt ihm eine bessere, falls er der Stadt nützlich geworden ist. Ihr braucht ihn deshalb nicht der Freiheit zu berauben. *Zum Bunting* Ich habe gesagt, du kannst gehen.

Bunting verneigt sich, geht.

GRUELHOT Wäre es nicht besser, ihn bewachen zu lassen?

LUDGER *mehr zu sich selbst* Es ist weiser, einem Menschen, der in Versuchung ist, Vertrauen zu schenken. Das mag uns helfen.

GRUELHOT Wir danken dem hochwürdigen Herrn Dekan.

Sie gehen.

RICHTER *im Gehen, zu den andern* Er kommt nicht weit. Alle Tore sind besetzt.

Coelestin und Johannes kommen zurück.

LUDGER Coelestin, kennst du diesen Fremden?

COELESTIN Ich habe ihn nur einmal kurz gesehen.

LUDGER Und warum nimmst du Anteil an ihm?

COELESTIN Ich weiß es nicht.

LUDGER Wir wollen unsere Stunde im Garten fortsetzen. Es ist eng hier drinnen.

sie denken er ist ein Zauberer, nur auf drängen des Ludger wird er nicht als solcher gesehen.

X.

Nacht. Sterne. Rückwand und Dach eines kleinen Hauses, in dem nur ein Fenster, ebenerdig, erhellt ist. Seitlich dunkles Gebüsch, von Leuchtkäfern umschwirrt.

Rikke, im Hemd, mit offenen Haaren, tritt mit einem Talglicht ans Fenster, beugt sich hinaus, späht umher.

Aus dem Gebüsch ertönt ein kurzer Flötenruf, wie der Schlag eines Sprossers, wiederholt sich.

RIKKE Da bist du, endlich.

BUNTING *tritt aus dem Busch in den Lichtkreis* Jemand wach im Haus?

RIKKE Die Alte schnarcht. Der Kleine sitzt in den Drei Kugeln und prahlt mit deinen Künsten.

BUNTING Damit hätte er besser noch eine Nacht gewartet.

RIKKE Wirst du es tun, heute?

BUNTING Beim ersten Morgenstreif. Noch eh' die Leuchtkäfer verschwinden.

RIKKE Komm doch herein.

BUNTING Nicht heute. Das Haus ist eine Falle. Jedes Haus ist eine Falle in dieser Stadt.

RIKKE *stellt das Licht auf die Fensterbank, schwingt sich mit den Beinen heraus* Ich hatte Angst. Ich hatte Angst, sie würden dich festhalten.

BUNTING Das wollten sie auch, ich bin ihnen zweimal entwischt. Jetzt könnt ich noch fliehen, einfach auf und davon, ich bin schon oft geflohen, da kriegt mich keiner mehr. Aber ich muß das tun, ich will das tun, ich kann nicht mehr zurück. Schon der Gefangenen wegen.

RIKKE Welcher Gefangenen?

BUNTING Aufsässige aus der hinteren Stadt, davon weiß auch der Kleine nichts, die hängen sie an Ketten in den Verliesen unter dem Stiftsturm, ohne Wasser und Brot, aber mit hungrigen Ratten. Ein Soldat von der Wache hat mir damit gedroht – da kommst du auch hinein, sagt der Kerl, wenn es den Herren so paßt.

RIKKE Haben sie dir – keine Sicherheit versprochen? Und das Land, und den Freibrief?

BUNTING *fast lustig* Sie haben mir alles versprochen, was ich verlangt habe, verbrieft und besiegelt, morgen abend will man mir's feierlich übergeben, wenn der Rat zusammentritt vor dem Fest. Falls ich meine Arbeit getan habe.

RIKKE Und du glaubst daran?

BUNTING Der einzige, dem man trauen kann, ist der alte Dekan – und der hat nichts zu sagen.

RIKKE Das heißt, du glaubst es nicht, und ich glaub es auch nicht. Sie werden versuchen, dich loszuwerden, hinterher – sie werden dich umbringen!

BUNTING Dazu brauchen sie einen, der sich umbringen läßt.

Rikke schweigt, wendet sich ab. Bunting lehnt sich neben sie an die Fensterbank.

Was hast du?

RIKKE Die Frau des Stadtregenten hat hergeschickt. Sie braucht den Saft wieder, vor dem Tanzfest.

BUNTING Was ist das für ein Saft?

RIKKE Aus den Fingerhutpflanzen, den weißen und roten, die man im Wald findet. Die Alte war ja Wehmutter, sie hat mich alles gelehrt. Auch dem Arzt muß ich das bringen, in der Judengasse.

Bunting legt den Arm um sie, dicht an ihren Leib. Rikke reißt plötzlich seinen Kopf an sich, rauh Ich will dich nicht verlieren!

BUNTING *an ihrem Mund, leise* Und ich habe nichts zu verlieren – außer dir.

RIKKE Ich bleibe bei dir, ich laß dich nicht allein – auch wenn du fliehen mußt.

BUNTING Du weißt nicht, wie das ist. Und du weißt nichts von mir.

RIKKE Ich brauche nichts zu wissen, ich kenne dich.

BUNTING Da kennst du mehr als ich. *Er tritt von ihr weg, hebt die*

Flöte, spielt einen kurzen Takt Der alte Dekan, der hat in mich hineingeschaut. Der weiß, was da drinnen knistert und auf den Blasbalg wartet. Es ist auch nicht wahr, daß ich das tun will, um den Gefangenen zu helfen. Es war immer Krieg, wo ich hinkam, es gab immer Gefangene und Menschen, die leiden mußten. Ich habe keinem geholfen, ich mußte mir selbst helfen. Jetzt aber, da will ich etwas tun, was noch keiner getan hat, ganz gleich was daraus wird – und dann –

RIKKE Dann wirst du die Macht haben.

BUNTING Macht – *Er lacht leise, schaut auf die Büsche* Wie die Leuchtkäfer schwirren, heute. Die Feuerfliegen, die tanzen. *Er geht ins Dunkel.*

RIKKE *schwingt sich heraus* Was ist – willst du fort?

BUNTING Bleib. Ich will die Wahrheit sagen. Das kann ich nur, wenn mich niemand anschaut, sonst muß ich lügen.
Er steht jetzt schattenhaft in den Büschen, von den Leuchtkäfern umfunkelt, hebt die Flöte, bläst ein paar Takte der Tanzmelodie, spricht dann in singendem Tonfall, fast psalmodierend. Rikke bleibt im Lichtkreis, doch nähert sich ihm langsam, in kleinen Schritten.
Ich will dir sagen, Rikke, wer ich bin, aber ich weiß es nicht. Als ich anfing, Ich zu sein und das Wort zu sprechen, war ich in einem Kloster, einer Ordensburg, wie sie die ritterlichen Herrn errichten, ganz hoch im Osten. Wie ich dahin kam, hat mir niemand gesagt. Später hieß es, ich bin ein Windischer. Das ist ein Volk, das es gar nicht mehr gibt – die wurden alle erschlagen. Ich lernte alles wie die Söhne der ritterlichen Herrn, aber ich war ihr Knecht und sollte ihr Knecht bleiben. Als ich fast noch ein Knabe war und die heißen Träume kamen, da traf ich im Stall ein Mädchen, so jung wie ich, und ich fühlte eine Sehnsucht zu ihr, anders als später mit den Frauen, ich wollte mich nicht von ihr trennen, vielleicht war sie meine Schwester. Als die Herrn das merkten, da ist sie verschwunden, ich weiß nicht wohin, ich habe sie nie mehr gesehn. Mir legten sie schwere Bußen auf, ich muße mich geißeln und auf Stacheldorn schlafen, ich wurde ins Eiswasser getaucht, sie sagten, ich dürfe niemals eine Frau umarmen, denn ich sei

vom bösen Geblüt und von der schlechten Rasse, die müsse untergehn. Ich fürchtete, sie würden mich des Geschlechts berauben – da brach ich aus.

Flötentriller.

Ich wurde gejagt von Männern zu Pferd mit Hunden, doch ich war schneller als der Fuchs und heimlicher als die Waldkatzen. Ich entkam nach Polen, und dann über die Berge nach Böhmen, Mähren, von Land zu Land, und schließlich bis ans südliche Meer – es war immer ein Fliehn und Verstecken, und List und Gewalt, und Verderb und Schande. Ich war immer ein andrer, ich hatte keinen Namen, ich verstellte mich hundertmal, ich wußte selbst nicht mehr, wer ich war, ich kannte es nicht mehr anders, manchmal schien es mir lustig, wenn es nicht elend war, so ging es dahin, dahin, wie ein Staub im Wind, und weiter und weiter – bis zu dir.

Er tritt aus dem Busch, bläst einen Flötenlauf, streckt den Arm nach ihr aus, sie umklammern einander.

Und bei so einem willst du bleiben?

RIKKE Bei so einem. Du bist doch mehr! Mehr wie alle andern!

BUNTING *lacht auf* Ja, wenn die andern Läuse sind, dann ist der Floh ein König. *Übermütig, in leichtem, schwebendem Tanz mit ihr* Komm, wir wollen einen Luftsprung machen, daß uns die Flöhe beneiden – und gleich in der Luft bleiben, wo man nirgends anstoßen kann.

RIKKE *in gleicher Heiterkeit* Wie die Feuerfliegen, die tanzen und leben und lieben sich – *Sie tanzen miteinander, ohne Flötenspiel.*

BUNTING *plötzlich reglos, über ihre Schulter weg* Der erste Morgenstreif.

Sie stehn noch umschlungen.

RIKKE *auch ohne Bewegung, schaut hinauf* Es sind noch Sterne da. Es sind zu viele Sterne, mehr als sonst – schau nur, wie das rieselt überm Koppen – ich habe noch nie so viele Sterne gesehn.

BUNTING Die Leuchtkäfer werden blaß.

RIKKE Es sind entsetzlich viel Sterne.

BUNTING Hab keine Angst. *Er läßt sie los, verändert* Jetzt werden die Tore geöffnet und die Wachen eingezogen. Paß auf. Wenn ich es getan habe, werde ich verschwinden. Ich weiß einen Fluchtweg im Ufergebüsch und ein Versteck. Es soll mich keiner sehen, bis zu der Ratsversammlung. Du findest mich, wenn es dunkelt, im Stadtgraben. Dann sind sie noch alle in den Kirchen, vor dem Fest.

RIKKE Im Stadtgraben?

BUNTING Wo sich die Kinder treffen, wenn die Alten beten gehn. Wo die Mauer ein Loch hat, bei den Ebereschen.

RIKKE Bei den Ebereschen.

Bunting schaut sie nicht mehr an, hebt die Flöte noch ohne Ton, geht langsam. Rikke verharrt einen Augenblick, bis man, schon entfernt, die hohen, dünnen Locktöne vernimmt, sie wechseln in Viertel- und Achteltönen, je neunmal wiederholt. Dann klettert sie mit ein paar Griffen aufs Hausdach. Wieder hört man die Töne und nun, durch Geräuschinstrumente musikalisch hervorgebracht, ein fortgesetzt zunehmendes Rascheln, Zischeln und Rauschen.

Der Himmel wird hell, die Umrisse der Mauern und der Stadt erscheinen im Morgendämmer.

Das Rascheln und Rauschen, immer von den Wiederholungen der Flöte überlagert, wird stärker, kommt von allen Seiten, es wird heller und heller.

Das Gelichter aus den ›Drei Kugeln‹ taucht auf, lautlos glotzend, auch der Hostienbäcker und der Kleine Henker.

Jetzt beginnt ein dünnes Glöckchen zur Frühmesse zu läuten.

HOSTIENBÄCKER Da wimmert's schon, jetzt werden sie's alle sehn und in die Knie fallen. Aber ihr würdet besser gleich mit in die Weser laufen. Euch hilft kein Gott.

Andere Kirchenglocken fallen ein.

KLEINER HENKER Sei still. Das ist der größte Zauber, seit sich der Stab Arons geringschwänzelt hat! *Kniet nieder, hebt die Hände.*

RIKKE *allein auf dem Dach, ganz ruhig* Das ist mehr als Zauber. Das ist Macht. Der kann die Welt beherrschen. *Abrupte Stille und Dunkel.*

Zweite Sequenz

Stellung der [illegible]

[illegible] als Machtfaktor
[illegible] den [illegible]
[illegible] persönlichen [illegible]
[illegible]
[illegible] (Wildbret [illegible])
[illegible] (schlemmen [illegible])
- arrogant [illegible]
- besetzt [illegible] (mit Soldaten)
- [illegible]
- grausam gegenüber Ab-
weichlern
- [illegible] (Zutritt [illegible])
- [illegible] (fragt [illegible] nach macht)

[illegible] die Stadt [illegible]

Die wahre [illegible]
Deren Anhänger
- verständnisvoll
- weltoffen
- offen und [illegible]
Aberglaube
- [illegible]
- [illegible] schwach

⇓

[illegible] Stadt
[illegible]
[illegible]

XI.

Der Stadtgraben – früher zu Verteidigungszwecken angelegt, aber lange nicht benutzt – ist von Gebüsch und Bäumen überwachsen. Die wilden Ebereschen stehen jetzt in Blüte, weiße Dolden auf dichtem, gefiedertem Laub.

Erst fahle Dämmerung, dann bei sinkender Dunkelheit Mondaufgang, mit starken Lichtern und Schatten.

In einer Höhlung der beschädigten Mauer schwelt ein kleines niedriges Feuer. Jugendliche und Kinder hocken auf Steinen oder auf der Erde, andere kommen durch das Mauerloch hinzu.

Es sind die gleichen wie in der früheren Bittprozession, Herrschaftskinder und Stiftszöglinge aus der vorderen Stadt, alle gut gekleidet, darunter Stellamarie und Coelestin, Heidelore, Brunold, Wisbert und Gudula, ihre dunkelhäutigen Ziehgeschwister, die blinde rothaarige Stina und Hinrich, der taubstumme Knabe, der sie führt. Johannes van Lüde hält sich auf seinen Krücken ein wenig abseits.

Die blinde Stina schwingt als Tamburin einen hölzernen Stickrahmen mit eingespannter Schweinshaut, auf der sie mit den Knöcheln leise, synkopische Rhythmen schlägt. Andere schwingen Leder- oder Leinenbeutel, mit Kieselsand und Scherben gefüllt, die leise klirren und rasseln. Manche wiegen sich im Takt der Geräusche, während Heidelore und Gudula aus einem Korb trockene Kräuter und Samen ins Feuer streuen.

(Die Texte werden nicht emotionell gesprochen, sondern eher leiernd, trancehaft monoton oder abgehackt, doch stets mit silbengenauer Deutlichkeit.)

DIE MOHRENKINDER *in eintönigem Singsang, gedämpft*
»Laudanum Canabis Hanf und Mohn
Kannten die alten Kalifen schon.
Sie liebten den Flug auf der irrsamen Wolke,
Und deshalb verboten sie es ihrem Volke.«

STELLAMARIE Mehr Kräuter. Ich rieche nichts als die Ebereschen.

COELESTIN Die Ebereschen, die riechen süß. Die duften.

STELLAMARIE Aber ich will das einatmen, den Rauch – ich will mehr davon – damit ich nicht mehr dran denke.

GUDULA Woran willst du nicht denken?

STELLAMARIE Ob er kommt. Ob er kommt.

GUDULA *lacht* Der ist auf und davon.

STELLAMARIE Er muß kommen. Er hat's versprochen. Mir.

COELESTIN Nichts hat er versprochen. Er ist verschwunden.

STELLAMARIE Er kommt.

HEIDELORE Vielleicht hat er sich unsichtbar gemacht.

COELESTIN Unsichtbar?

HEIDELORE Der kann ja zaubern.

GUDULA Sie haben ihn gesucht, überall, die Wachen sind ausgerückt.

COELESTIN Unsichtbar – dann kann er auch hier sein. Uns hören.

STELLAMARIE Er kommt. Er wird spielen für mich.

STINA *läßt mit einem harten Aufschlag das Tamburin fallen* Den gibt es gar nicht.

STELLAMARIE Es haben ihn alle gesehn, wie er das Wunder getan hat, viele sind in die Knie gefallen, die Glocken haben gestürmt.

STINA Den gibt es nicht.

COELESTIN Er war bei uns im Haus, wir haben gesprochen mit ihm.

STINA *grell* Den gibt es nicht. Es gibt auch keinen heimlichen Kaiser, und es ist nie einer auferstanden.

Johannes bekreuzigt sich.

STELLAMARIE Das sagst du, weil du blind bist und ihn nicht sehen kannst, auch wenn er vor dir steht und ein Wunder tut.

STINA Ja, ich bin blind, ich bin blind, ich bin blind, ich bin blind, und es gibt kein Wunder.

GUDULA *mit einem bösen Lachen* Es kann einer kommen und dir in die Augen spucken, daß du sehend wirst.

STINA Da kommt keiner, und das kann nicht geschehen.

GUDULA Das ist geschehen, bei den Mohren.

STINA Du bist auch keine Mohrin, die sprechen anders.

GUDULA *streut ins Feuer* Die Mutter meiner Mutter hat anders gesprochen, und unsere Mutter ist hergekommen an ihrer Brust. Weiß aber noch die Sprüche und züchtet die Samen.

STINA Samen Amen Samen Amen! *Stößt mit dem Fuß nach dem tauben Knaben* Heb auf!

Hinrich hebt ihr das Tamburin auf, sie schlägt es wieder.

DIE MOHRENKINDER *summend* »Laudanum Canabis Hanf und Mohn...«

STELLAMARIE Jetzt kann ich sie schmecken, die Kräuter, jetzt kommt er bald. *Wiegt sich.*

COELESTIN Warum soll er kommen, was gehn wir ihn an? Was können wir ihm zeigen als unsere Schande?

GUDULA Unsern Haß.

COELESTIN Ich kann nicht einmal hassen. Mich ekelt's nur.

GUDULA Denk an deinen Vater, dann kannst du hassen.
Denk an unsern Vater, an Stinas Vater.
Stina kreischt auf, schlägt hart aufs Tamburin.
Denk an sie alle, die Väter, die Mütter, wie sie jetzt in den Betstühlen hocken, die Ungläubigen, die Lügner, und stinken einander an –

STINA *wirft das Tamburin hin* Wenn ich ein Mensch wäre wie ihr und könnte sehn, dann würd ich hingehen und die Stadt anzünden, die Stiftskirche zuerst, wenn sie alle drin sind, daß es höllenheiß wird und keiner mehr rauskann.

JOHANNES Auch deine Eltern?

STINA Die möcht ich schreien hören. *Lacht.*

GUDULA *eng, fast verschlungen mit ihren Geschwistern* Und wir möchten den alten Grafen, der uns gemacht hat und im Grabe fault, ausscharren und wecken und ihm einen glühenden Pfahl durch den Leib stoßen – so! *Stößt mit einem Ast ins Feuer, kurzer wilder Aufschrei der Mohrenkinder.*

JOHANNES Weil er eure Mutter geliebt hat? Weil er als Greis noch die heiße Jugend begehrte?

GUDULA Er hat sie nicht geliebt, er hat sie gebraucht, geschändet. Und wie ein Tier gehalten, schlimmer als ein Tier.

STELLAMARIE Sie war eine Mohrin, ein Mohr ist kein Mensch und kein Vieh, ihr seid halbe Menschen, das sagt meine Mutter, die Gräfin Everstein.

GUDULA Und was sagst du?

STELLAMARIE Ich sage, meine Mutter, die ist kein Mensch. *Schon halb im Rausch* Ich sage, die Gräfin Everstein, meine Mutter, ist eine läufige Hündin –

COELESTIN *hält ihr den Mund zu* Schweig! Nicht vor denen!

STINA *leiernd* Mensch Mensch Mensch, wenn ich ein Mensch wäre wie ihr –

STELLAMARIE *reißt Coelestins Hand von ihrem Mund* Ich will kein Mensch sein, kein ganzer, kein halber –

GUDULA Ein Engel, mit dreckigem Hintern! *Gelächter* Ihr macht euch doch alle an, wenn ihr den Rauch schluckt.

STINA Sie kann sehn, wer sehn kann, das ist ein Mensch.

STELLAMARIE *weht sich Rauch zu* Sie sagen, wir sind Kinder, wir sind noch keine Menschen, aber ich will kein Mensch werden wie sie, dann will ich Kind bleiben. Und wenn er kommt und uns wegführt –

STINA Da kommt keiner.

STELLAMARIE *sich wiegend, mit geschlossenen Augen* Er kommt, und er ist der, den wir lieben, und er wird uns führen unter der Erde durch, dorthin, wo keine Menschen sind, nur Kinder und das Gras und der Wind und die Bäume – *Sinkt wie schlafend an Coelestins Schulter.*

GUDULA *die Stimme rauh vom Rauch* Dann bleiben die Alten allein und können nicht mehr zeugen, und ihr Blut verdorrt, bis sich der letzte aus Angst vor sich selbst erhängt hat! *Mohrenkinder mit kurzem Aufschrei ins Feuer stoßend. Auch andere beginnen leise Schreie auszustoßen oder zu stöhnen.*

STINA *plötzlich mit plärrender Stimme* Ich bin Stina Steneken, meinen Vater nennen sie den Speckschwartenkönig, meine Mutter die heiße Sau. Sie hat einem Bettler kochende Selchbrühe übern Kopf schütten lassen, da ist er blind geworden, als sie mich im Bauch hatte, da bin ich auch blind geworden in ihrem Bauch. Mein Vater sagt, ich kann so viel Speck essen, wie ich will, ich kann Würste haben, mehr wie ein Knecht mit seiner Brut für das ganze Jahr, ich kann lachen und Zucker schlecken, wenn die andern hungern, aber ich würge seinen Speck aus dem Hals, ich habe seine Würste erbrochen, ich will kein Brot mehr aus ihrer Hand, denn ich weiß, da war ein Fremder damals mit Federn auf dem Hut, wer hat denn Federn auf dem Hut, rote Hahnenfedern? Nur der mit dem kalten Samen, der die Blinden und Krüppligen zeugt, davon bin ich blind, und da haben sie mir einen Buben gekauft, der nicht hören und nicht sprechen kann, aber für mich sieht, und weil er sieht, deshalb schlag ich ihn.

Schlägt den tauben Hinrich mit der Rückseite ihrer Finger übers Gesicht. Hinrich stöhnt, hebt ihr das Tamburin auf. Stina trommelt mit dem Tamburin auf Hinrichs Kopf und Rücken Und wenn ich dem ins Maul rotze, dann muß er's schlucken, und wenn ich befehle, er soll die Hostie ausspucken beim Abendmahl –

JOHANNES *hebt sich hoch auf den Krücken* Hör auf! Lästere nicht!

STINA *beginnt zu tanzen* Ich werde sie ausspucken, dann kommt der mit dem Bocksfuß und der roten Feder, der springt auf mich, dann kann ich sehn kann ich sehn – ich spuck sie aus, wir alle, wir spucken, wir spucken sie aus!

MOHRENKINDER UND ANDERE *wie angesteckt, besessen, mit ihr zugleich* Wir spucken, wir spucken sie aus!

Beginnen zu tanzen, manche entblößen sich. Stina mit Geräusch und Gebärde des Spuckens, hat ihren Rock hochgehoben, tanzt mit dem nackten Hintern, während Stellamarie im Schlafrausch leise schluchzt und Coelestin sie umfangen hält.

JOHANNES *tritt auf den Krücken hochaufgerichtet unter die Tanzenden, ihr Stöhnen und Keuchen übertönend* Laßt ab! Ihr lästert, und ich verbiete es! Laßt ab vom Bösen! *APAGE!*

STINA *rasend* Der – der – der – ist der Böse, der Krüpplige, der uns verrät und verlästert! Kreuziget ihn!

JOHANNES *vor ihr* Im Namen des Herrn – der Friede sei mit Euch!

STINA Kreuziget ihn!

ANDERE Kreuziget ihn! *Dringen auf ihn ein.*

STINA Judas, Verräter! Schlagt ihm die Krücken weg, laßt ihn hüpfen, dann nagelt ihn an den Baum!

ANDERE Judas! Verräter! *Sie schlagen ihm die Krücken unter den Achseln weg, er stürzt vornüber.*

JOHANNES *im Aufschrei* Jesus!

Es wird eine Sekunde still, dann fallen sie lautlos über ihn her, während Stina wie in Krämpfen niedersinkt.

EINE MÄNNERSTIMME *laut und scharf, von den Bäumen her* Löscht das Feuer aus!

STELLAMARIE *ist hochgefahren* Wer – hat gerufen?

GUDULA Die Spießwache. Fort, lauft, wir sind entdeckt!

Die andern lassen Johannes fallen, taumeln mit leisen Angstschreien auseinander, wollen davonlaufen. Ein kurzer, schriller Flötenlaut aus dem Gebüsch bringt sie zum Stehn.

BUNTING *tritt aus den Ebereschen* Bleibt! Löscht das Feuer aus! *Herrisch* Tut, was ich sage!

Gudula und ihre Geschwister schlagen mit Fetzen das Feuer aus. Bunting ist zu Coelestin und Stellamarie gegangen.

STELLAMARIE *fast verzückt* Du bist gekommen –

BUNTING *ohne sie zu beachten, packt Coelestin am Halskragen* Was bist du für ein Mensch! Siehst zu, wie sie deinen Freund mißhandeln, den Sohn eurer Kindsfrau, und hilfst ihm nicht!

COELESTIN Ich wußte, du wirst kommen, wenn wir am tiefsten in der Schande sind.

BUNTING Schande – *Stößt ihn weg, geht rasch zu Johannes, hilft ihm auf, gibt ihm die Krücken* Was tust du – bei denen! Geh zurück zum Dekan und komm nie wieder hierher.

JOHANNES Das darf ich nicht. Es ist meine Pflicht, die beiden zu behüten – ich habe es meiner Mutter versprochen, und der ihren.

BUNTING Du würdest besser für sie beten, in deiner Kapelle. Behüten – kannst du sie nicht. *Er wendet sich zur Feuerstelle, die inzwischen verlöscht ist, spuckt in die Asche* Gifträuschel. Ich kenne das Zeug. Das hilft euch nicht aus dem Dreck. Freßt Tollkirschen, wenn ihr krepieren wollt, dann geht es schneller.

Gudula und die Mohrenkinder haben sich vor ihm auf die Knie geworfen, berühren mit Gesicht und Händen die Erde. Auch von den anderen sind einige niedergekniet, andere stehen wie Coelestin und Stellamarie mit gesenktem Kopf, während Stina immer noch wie in Agonie am Boden liegt und Hinrich zu ihren Füßen kauert. Johannes steht auf seine Krücken gelehnt.

Bunting jetzt nicht mehr im Zorn, mehr in grimmig-belustigter Ironie.

Hoch mit euch! Was soll die Kniefälligkeit? Ihr braucht keine Angst zu haben, euer Versteck ist besser, als ihr glaubt, da kommt keine Wache. Aber ich liege schon den ganzen Abend da droben im Gelaub. *Er geht unter ihnen umher* Buckelt nicht so tief, ihr Maurischen, euer Vater war ein Graf und hat wakker Türken gestochen, als das noch in Mode war, ihr braucht euch nicht zu genieren. *Zu Gudula* Steh auf, Räuchergräfin! Und sag denen, sie sollen sich erheben, gefälligst und mich angucken, das wollten sie doch!

GUDULA *die zögernd aufgestanden ist* Sie fürchten sich, weil du zaubern kannst, und wir wissen nicht, ob du der Sohn des Lichtes bist oder der Finsternis.

BUNTING *lacht* Ich bin der Sohn einer Mutter, die heißt Erde, und was ich kann, das hab ich von ihr gelernt. Ihr glaubt, ich könne zaubern? Paßt auf! Ihr sollt was besehn! *Nimmt die Flöte aus seinem Strick* Ich werde ein Loch in die Luft stoßen. Ein richtiges, tiefes Loch. Habt ihr schon gesehen, daß jemand ein Loch in die Luft stößt? Obacht! *Er zieht den Arm an, dann stößt er die Flöte scharf in die Luft* Könnt ihr es sehn?

GUDULA Wahrhaftig – da ist ein Loch – ganz schwarz!

Die andern starren lautlos.

BUNTING Und jetzt – schaut her! – Jetzt mach ich es größer, und tiefer *Er bewegt die Flöte in raschen, immer weiteren Kreisen*, daß es ein Rohr wird, ein Schacht, ein Graben, ein Tor – seht ihr es?

STELLAMARIE Es ist das Tor, durch das er uns führen wird –

BUNTING *läßt die Flöte fallen, fängt sie mit der anderen Hand auf* Und jetzt – wo ist es jetzt?

GUDULA Jetzt – ist es nicht mehr da –

BUNTING Aber ihr habt es gesehen?

STELLAMARIE Wir alle haben es gesehen!

BUNTING *zu Coelestin* Du auch? Sag es genau.

COELESTIN Ich habe etwas gesehen, genau kann ich es nicht sagen.

BUNTING *zu Johannes* Und was hast du gesehn?

JOHANNES *lächelnd* Ich habe gesehn, daß du deine Flöte in die Luft gestoßen hast. Wenn man einen Gegenstand in die Luft stößt, so verdrängt er die Luft durch seine Masse. Gleichzeitig schließt sie sich um ihn und bleibt unversehrt, weil sie leichter ist und nicht von fester Substanz.

BUNTING Sonst hast du nichts gesehen?

JOHANNES Doch. Deine Flöte warf einen schwarzen Schatten, im Mondlicht.

BUNTING *heiter* Du hast offene Augen.

JOHANNES Der Dekan unterrichtet uns auch über die Gesetze der Natur, soweit sie den Menschen verständlich sind.

BUNTING So ist er fast ein Ketzer. Und du glaubst trotzdem an den Heiligen Geist und die Auferstehung?

JOHANNES *einfach* Ich glaube.

BUNTING Kannst du sagen, warum?

JOHANNES Weil ich fühle, daß Gott ist, und denke, daß Er sein muß.

BUNTING Du bist gut dran, man könnte dich beneiden. *Zu den andern, mit hinterhältiger Freundlichkeit* Aber ihr da, die ihr nicht denkt und nicht fühlt, nicht glaubt und nicht zweifelt, die ihr glotzt und nicht seht – ihr Aufsässigen mit den schönen Haaren und der Pfirsichhaut, ihr Engel mit den Rehaugen und dem glasigen Blick, ihr Spielkinder mit Jammer und Mordgelüst, soll ich euch bedauern, soll ich Mitleid haben mit euch? Das habt ihr ja selbst, ihr braucht keins von andern. Doch ich will euch eine Geschichte erzählen, damit ein Fünkchen springt. *Er hebt langsam die Flöte* Eine alte Geschichte, eine böse Geschichte, eine komische sogar – und wer sie versteht, der kann lachen. Hockt euch nieder! *Er ist jetzt vom Mond grell beschienen, haucht auf die Flöte, die einen wilden Triller und Lauf hören läßt.*

»Das Lied vom himmlischen Aufruhr«

Im Himmel hat's einst einen Aufruhr gegeben,
Es wollte kein Engel mehr länger dort leben.
Und die Hölle, die gab es noch nicht –
Denn der liebe Gott war schon alt und grämlich,
Er sprach zu den Engeln: Schaut nicht so dämlich,
Singt, betet und tut eure Pflicht!

Doch dem schönsten der Engel, dem macht er nicht bange,
Der sagte: Was du kannst, das kann ich schon lange,
Das hab ich dir längst abgeguckt,
Wie man Licht macht und was mit dem Feuer los ist,
Und der Mensch, der nicht weiß, daß er nackt und bloß ist,
Doch vor deiner Stimme sich duckt!

Nun, wie das so geht, wenn zwei Große sich streiten,
Da gibt's bei den Kleineren immer zwei Seiten,
Die setzen auf den, der gewinnt –
Und da war ein Geschrei, daß der Himmel bebte,
Und das LEBEN stand still, weil die ZEIT nicht webte,
Die das Weltengewebe ja spinnt!

Doch der alte Gott ward plötzlich ganz munter
Und schrie den Rebellen an: Marsch, da hinunter!
DORT ist zum Rumoren der Platz!
Da kannst du versuchen, die Welt umzustürzen,
Mit Stümpern und Stänkern und den Teufelsfürzen,
Doch du fängst statt der Taube den Spatz!

Da verstummten die andern und merkten: So geht's nicht,
Denn ohne den Odem des Schöpfers, da weht's nicht!
Aber Der war nun still und betrübt.
Er hatte besiegt jenen Unschuldslosen,
Und in die Tiefe hinabgestoßen
Den, den er wirklich geliebt.

Er hat ihn gebrandmarkt zum ewigen Bösen,
Und ihn kann er nun auch nicht mehr erlösen.
Wir aber, wir haben die Wahl!
Und wir werden uns immer wieder empören,
Auch wenn wir dabei unsre Hosen verlören,
Denn das ist ja im Grunde egal.

Die Jungen haben dem Lied lautlos, aber in sichtlich immer stärkerer Erregung gelauscht, jetzt springen sie fast gleichzeitig auf, mit einer Mischung von Lachen und Jauchzen, während die Flöte schrill weiterspielt, den scharfen, raschen Rhythmus der letzten Verse, mit und ohne Worte wiederholend.

STINA *hat sich aufgerichtet, plärrt in die Stimmen hinein* Jetzt ist der da, mit dem Bocksfuß und der roten Feder, bringt mich zu ihm, ich will ihn fühlen, schmecken, riechen – *Zerrt Hinrich an der Hand zu Bunting, plötzlich kreischend* Lucifer!

DIE MAURISCHEN UND ANDERE *fallen ein* Lucifer! *Die Flöte verstummt, das Singen und Schreien löst sich in einem langgezogenen, fast heulenden* Aaaaaah!

BUNTING *scharf in den Lärm hinein* Still! Schluß mit dem Geplärr! Still! – Hört ihr nichts?

Es ist still geworden. Man hört aus der Ferne leises Glockenschlagen.

JOHANNES *der schweigend auf seine Krücken gelehnt stand* Die Aveglocken. Die Vesper ist zu Ende. *Bekreuzigt sich* In nomine patris et fili et spiritus sancti – *Betet leise das Ave.*

COELESTIN Jetzt kommen sie aus der Kirche. Wir müssen heim.

STELLAMARIE Ich will nicht heim! Können wir nicht – bei dir bleiben? Oder fort, mit dir?

BUNTING Das könnt ihr nicht. Aber ihr braucht nicht nach Hause, wenn ihr nicht wollt. Warum bleibt ihr nicht auf den Straßen, wenn die ihr Fest feiern, bis sie Angst kriegen und euch suchen und rufen? Dann gebt ihnen den Trotz!

COELESTIN Und wenn sie uns holen lassen, mit Gewalt? Sie haben die Macht, wir haben keine Waffe.

BUNTING Ihr habt die furchtbarste Waffe, die tödlichste, die der

Mensch erfunden hat: die Wahrheit. Sagt ihnen die Wahrheit, und sie werden tot umfallen vor Schreck. Geht jetzt!
Sie folgen seiner herrischen Armbewegung, gehen rasch, als letzte, fast taumelnd, Stina, an Hinrichs Hand. Bunting hält Johannes zurück Du bleibst im Stift, beim Dekan, damit du nicht in Gefahr kommst.

JOHANNES Warum sollte Gefahr drohen?

BUNTING Es droht immer Gefahr.

Johannes humpelt davon.

Bunting hat sich niedergelegt, streckt den Arm rückwärts ins Gebüsch der Ebereschen, ohne hinzuschauen, dort erscheint Rikkes nackter Arm, ihre Hände verschlingen sich, dann zieht er sie hervor, bis sie neben ihm liegt und sich an ihn schmiegt. Er küßt sie. Sie faßt ihn in den Haaren, zieht ihn hoch, sie schauen einander an, dann überkommt sie das Lachen. Sie lehnen sich lachend wieder zurück, sie wälzen sich vor Lachen, noch lachend richten sie sich auf.

RIKKE Denen hast du gut eingeheizt.

BUNTING Heute nacht werd ich den andern einheizen, den Mächtigen.

RIKKE Was hast du vor?

BUNTING Ich will diese Stadt in ein Bündel Aufruhr verwandeln, das zundert wie dürres Binsenstroh.

RIKKE Mit denen –

BUNTING Die sind Wachs in meiner Hand.

RIKKE Wachs ist weich. Du brauchst harte Fäuste.

BUNTING *noch lachend* Wie ich vom Fluß heraufkomme, treffe ich auf zwei Mann von der Spießwache, die mich fassen sollten – da heb ich die Flöte hoch, und sie rennen davon. Die haben Angst, es heißt, ich könne Menschen in Ratten verwandeln. Soll ich die Ratten fürchten?

RIKKE Auch die haben Zähne und beißen zu, wenn man sie in die Ecke treibt.

BUNTING Für eine Nacht – werd ich sie toll machen, daß ihnen die Zähne stumpf werden.

RIKKE Eine Nacht ist kurz. Genügt dir das?

BUNTING Was denkst du?

Rikke schweigt, lächelt.

Was denkst du?

RIKKE *sich zurückbiegend, die Hände hinterm Hals verschränkt, singt vor sich hin*

»Die Ebereschen duften weiß,
Doch glühn sie rot, sie tragen Tod.
Nur wer sie kann benennen,
Dem tagt es heiß und sonder Not,
Wenn er sie weiß zu brennen.«

BUNTING Was denkst du?

RIKKE Ein Brennerlied, ein altes. Hier hol ich die Beeren im Herbst für den Machandelschnaps.

BUNTING Sag, was du denkst!

RIKKE *richtet sich auf, ohne Erregung, wie wenn man etwas längst Bedachtes ausspricht* Ich kann nur sagen, was du selber denkst und was ich in deinen Augen lese. Du willst die Macht. Du willst die Herrschaft. Und du brauchst die Fäuste, die Hämmer, die Harken. Die Wachen werden sich nicht immer vor dir fürchten, und der Propst hat zehn Schwertmänner zu Dienst. Wenn's bei dem überkocht und er sagt: »Zerhackt ihn!«, dann hacken sie dich in Stücke, denn du bist allein. Aber die Armen und Hungrigen, aus der hinteren Stadt, die Aufrührigen, die sind in der Überzahl, sie werden die Spieße zerbrechen, die Schwerter an sich reißen und dir Gefolgnis leisten, denn auch sie sind Ratten, blindwütige – wenn man sie ruft.

BUNTING Ich kann sie nicht schrecken und locken mit einem Pfiff. Wer soll sie rufen?

RIKKE Ich, wer sonst. Und sie werden mir folgen. Ich spüre die Blicke der Jungen auf meinen Schenkeln, wenn ich durch die Gassen gehe und sie nicht anschaue. Ich kenne die Not und den Zorn der Alten. Die warten nur auf den Ruf – um loszubrechen.

BUNTING Du hast recht. Man könnte die Stadt mit einem Handstreich nehmen, wenn man die Aufrührigen sammelt. Die Stadtherrn sind keine Ritter, ihre Söldner sind keine Kriegsknechte, ihr Lohn ist gering, sie werden überlaufen, und die paar Schwertmänner des Propstes kann man entwaffnen. Wann, glaubst du, könnten die bereit sein, in der hinteren Stadt?

RIKKE Man muß sie zusammenholen, Haus für Haus und Hütte um Hütte, zu einem bestimmten Ort, in die ›Drei Kugeln‹ am besten. Das muß leise gehn, damit nicht vorzeitig Alarm aufkommt, und bis es tagt, bevor die Sonne auf ist, werden alle bereit sein.

BUNTING Bevor die Sonne auf ist. Dann könnten wir losschlagen – wenn ich will.

RIKKE Warum zögerst du?

BUNTING Ich weiß nicht, ob ich will.

RIKKE Du willst, ob du es weißt oder nicht. Du bist zum Herrn geboren, nicht zum Flüchtigen in der Ödnis. Und wenn du die Stadt beherrschst, beherrschst du die Welt.

BUNTING Die Welt ist größer als eine Stadt.

RIKKE Es wird eine starke Stadt sein, und die Welt ist schwach, du selbst hast es mir gesagt, daß sie zerstückt ist und herrscherlos. Ein neuer Herr aber ist ein Schreck und ein Bann für die alten. Der Herzog von Braunschweig wird die Wafffen strecken, wenn wir seinen Bruder, den Propst, in unsre Gewalt bringen. Sie alle werden sich fürchten vor deiner Volksmacht, denn sie fürchten das Neue, das Ungewöhnte. Du wirst die alten Mauern befestigen, die alten Gräben aufschütten. Dann hast du den Trumpf und kannst spielen. Du wirst sie ausstechen, und sie werden dich in den fürstlichen Rat berufen, denn du bist fürstlichen Geblüts und hast das Herz eines Königs.

BUNTING Ich bin ein Stromer, ein Vagabund, ein Namenloser. Meine Eltern und Voreltern, die Fürsten waren, sind verwest und vergessen.

RIKKE *heiter* So bist du der König Namenlos, und der Erste Hamelone.

BUNTING *heiter wie sie* Rex Hamelonis Primus Erraticus et Regina Carnifectis Filia Pulchra.

RIKKE Was heißt das?

BUNTING Unsere Herrschernamen. König Landstreicher von Hameln der Erste und Königin Henkerstochter die Schöne. Gefällt dir das?

RIKKE Warum nicht. Der Erste kam immer von irgendwo und war ein Niemand, bevor er der Erste wurde. Und es heißt, die Könige, in der früheren Zeit, seien Magier gewesen.

BUNTING Bin ich ein Magier – auch für dich?

RIKKE Anders als für die Dummen, denn ich kenne dein Geheimnis, die andern kennen es nicht. Ein Geheimnis – das ist der Zauber, vor dem auch der Stolze das Knie beugt.

BUNTING Aber das Leben.

RIKKE Das geht weiter und fragt nicht nach uns.

BUNTING Ja, es geht weiter, ein Tag ist ein Tag, und dann wieder ein Tag und eine Woche, und ein Jahr ist ein Jahr. Denk an die Mühlen, die Speicher, die Werften, die Felder, das Korn: Wer wird das Korn mahlen, die Säcke schleppen, die Steine karren, den Torf stechen – wer wird sich drunten bücken, wenn wir droben stehn?

RIKKE Das ist einfach: Die gleichen, die es bisher getan haben. Es sind immer die gleichen, aber sie werden dann glauben, daß sie andere sind, daß sie für sich selber schuften und nicht mehr für die Herrn, wenn einer ihr Herr wird, der ihresgleichen war. Und je höher du steigst, je herrlicher du dich über sie erhebst, desto freudiger werden sie dir dienen. So sind sie, so waren sie immer, so werden sie immer sein.

BUNTING So sind sie, so waren sie, so werden sie immer sein. Aber du – woher weißt du das? Ich habe nicht gewußt, was du weißt – und wer du bist.

RIKKE Ich war eine Verfemte, mein Leben lang, da paßt man auf. Meine Mutter nannten sie ›die wilde Rikke‹ – ich bin ihr Kind.

Ferner Hornruf.

BUNTING Es wird Zeit. Sie blasen zur Ratsversammlung. Wir müssen uns trennen.

RIKKE *besorgt, ohne Spott* Hast du Angst?

BUNTING Warum glaubst du?

RIKKE Jeder hat Angst, bevor er etwas tut. Dann verliert er sie wieder.

BUNTING *lächelnd* Wenn ich Angst hätte – dann vor dir. Und um dich.

RIKKE *leichthin, unbetont* Mich wird keiner berühren.

BUNTING *jetzt ganz fest und sicher* Ich gehe jetzt. Das Fest beginnt erst um Mitternacht, man tanzt bis zur Frühe, es wird Bier und Schnaps geschenkt in den Straßen, ich halte sie im Taumel mit der Flöte – solang ich sicher bin. Du rufst alle zusammen in den ›Drei Kugeln‹, jeden, der eine Axt und eine Sense schwingen kann, dann komme ich und führe sie an. Leb wohl. *Wendet sich zum Gehen.*

RIKKE *plötzlich, wie im Aufschrei* Bleib!

Bunting wendet sich zurück.

RIKKE *kindlich, fast bittend* Noch einmal – für einen Herzschlag – wie es früher war –

BUNTING *nimmt sie in die Arme* Noch einmal?

RIKKE Es wird nie mehr sein, wie es früher war.

XII.

Drei kurze Hornstöße, nah. Bungeschlag.

Der Hohe Rat und die Patrizier verlassen in feierlichem Zug die Stiftskirche, um sich zur Versammlung zu begeben.

Voraus der Wachkommandant vom Felde, von Spießträgern flankiert, dann, durch Wappenträger mit Emblemen gekennzeichnet, von Emmern, Stadtrichter, von der Campen, Stadtkämmerer, Steneken, der Speckschwartenkönig, Scadelant, der Roggenherzog, Senewolte, der Holzbaron, Werengist, der Stromvogt.

Zuletzt, in einem Abstand, Henricus Guelficus Immensis, der Propst, und Gruelhot, mit der Kette des Bürgermeisters um den Hals.

HENRICUS Du hast sie gesehen, die beiden fremden Herrn mit Helmen und Buschen. Das sind die Locatores aus dem Osten, sie haben Vollmacht von ihren Orden und ihren Burgherrn – und das Gold, fünfhundert Dukaten in kaiserlicher Prägung.

GRUELHOT Ich habe sie gesehen und begrüßt.

HENRICUS Sie brauchen kräftige Männer, dazu auch junge Frauen, wenn es eheliche oder verlobte sind, die ihnen folgen müssen – womöglich ohne Gewalt.

GRUELHOT Der Zauberer –

HENRICUS Auch ich habe daran gedacht.

GRUELHOT Aber er ist verschwunden.

HENRICUS Er ist hier, und er wird vor dem Rat seinen Lohn verlangen. Mein Vikar hat belauscht, was der lahme Knabe dem alten Ludger erzählt hat. Er kann mit der Pfeife die Menschen betören wie die Tiere.

GRUELHOT Für Gold? Ein Goldstück in kaiserlichem Münzschlag ist zehnmal mehr wert als ein Braunschweiger Taler.

HENRICUS Die Stadt ist die Plage los, es wäre ein gutes Geschäft. Wenn wir ihm hundert geben, bleiben für uns vierhundert, zu gleichen Teilen.

GRUELHOT Und wenn er nein sagt? Er hat behauptet, er nehme kein Geld.

HENRICUS Dann wird er in Stücke gehauen. Ich glaube nicht an Zauber, selbst wenn ich die Wandlung spreche, *Lacht* und ich glaube nicht an Menschen, die nicht für Gold zu haben sind.

GRUELHOT Aber die Ratten sind fort, und er soll uns den Pöbel wegführen, ohne Gewalt, mit Zauber also.

HENRICUS Töne, Töne, das ist es. Man hat von Troubadourn gehört, die können singen, daß sich die Weiber aus den Fenstern der Kemenaten stürzen, alles nur fleischliche Brunst. Und wir hatten einen Lautenschläger im Schloß, wenn der spielte, mußte ich weinen – ich!, und hab ihm mein Sackgeld geschenkt. Aber wenn der Kerl versagt, wird er der Hexerei angeklagt und kommt auf den Scheiterhaufen. *Lacht.*

GRUELHOT Der gnädige Herr hat gut lachen. Wenn die Sache schiefgeht, habe ich den Aufruhr in der Stadt, mit meiner mickrigen Spießwache.

HENRICUS Da kann nichts schiefgehen, ich habe vorgesorgt, für alle Fälle. *Schaut sich um, ob niemand sie hören kann* Zweihundert Brunswyker Landsknechte sind unterwegs, schwer bewaffnet und feldgedient. Wenn's Krach gibt da hinten, machen die alles nieder, alt und jung, und was übrigbleibt, können wir dann als Kriegsgefangene verkaufen, nach Recht und Gesetz.

GRUELHOT Das wäre die sauberste Lösung, für den Notfall. Sie sollten die Kräftigsten nur einfangen, daß noch genug dabei herauskommt, die andern mögen sie abstechen.

HENRICUS Und deinen Hexer kannst du dann an den Füßen aufhängen. Aber sag es keinem, nicht mal dem Wachkommandanten. Die Wirkung ist doppelt, wenn sie plötzlich da sind.

GRUELHOT Ich weiß nicht, wie ich meinen untertänigsten Dank –

HENRICUS Simplex et naturaliter. Ein Soldat – drei Scheffel Korn.

GRUELHOT Es war früher von zwei Scheffeln die Rede.

HENRICUS Das war früher. Jetzt werdet ihr wieder reich und könnt eine gute Ernte erwarten. Ich handle nicht. Komm.

Sie folgen den andern.

XIII.

Der Empfangsraum in Gruelhots Haus, hell erleuchtet. Auftritt Elken van Lüde, die Kammerfrau, mit Stellamarie und Coelestin, die an der Schwelle bleiben.

STELLAMARIE So hat Johannes uns doch verraten.

ELKEN Er hat euch nicht verraten, er war nicht hier – er wird im Stift sein. Aber der Dekan hat Botschaft geschickt, man solle das Tanzfest aufsagen, weil Gefahr droht. Da bin ich durch die Straßen gelaufen, um euch zu suchen.

COELESTIN Uns droht keine Gefahr. Nur denen, die Schuld tragen.

ELKEN Was redest du, wir tragen alle Schuld, wir sind sündig geboren, und eure Mutter ist eine edle Frau, was kann sie dafür, daß sie schön ist und für den Kornsack zu schade. *Ruft* Divana!

DIVANA *erscheint in großem Festgewand* Was ist los, Elken? Jeden Augenblick können die Ratsherrn erscheinen, wie sehen die Kinder aus! Geh, Elken, leg ihnen die Festkleider heraus.

ELKEN Sie liegen bereit.

DIVANA *weitersprechend* Ihr dürft dabei sein, diesmal, beim Hohen Rat, ihr sollt rechts und links von mir stehen und die Weihkerzen halten.

COELESTIN Wir werden nicht dabei sein. *Er faßt Stellamaries Hand.*

DIVANA Ihr habt das Recht, als Enkel des Grafen Everstein –

STELLAMARIE Wir wollen nicht dabei sein.

DIVANA *starrt sie an* Wo kommt ihr her? Wo seid ihr gewesen?

ELKEN Ich fand sie in einem Haufen auf der Straße, sie wollten nicht heimkommen, ich habe sie angefleht und mich auf die Knie geworfen –

COELESTIN Wir folgten dir nur, um dich nicht weiter zu beschämen vor den anderen. Denn du bist uns lieb.

ELKEN *mit Blick zu Divana* Ich mache die Kleider zurecht. *Geht.*

DIVINA Ihr wollt, was ich will. Ihr seid mir Gehorsam schuldig.

STELLAMARIE Wir sagen ihn auf.

DIVANA *sich mühsam beherrschend* Und euer Vater? Ihr seid die Kinder des Stadtregenten, ihr seid in Glanz und Wohlstand aufgewachsen und zur Nachfolge bestimmt.

COELESTIN Wir werden keinem von euch nachfolgen, nicht ihm, nicht dir.

STELLAMARIE Wir folgen einem anderen nach. Der uns Licht bringt.

DIVANA Ihr seid von Sinnen. Ihr seid verführt. Hat es euch jener Zauberer angetan?

COELESTIN Es braucht keinen Zauber, um zu wissen, was böse ist.

DIVANA *nähert sich ihm, in einer echten, verzweifelten Zärtlichkeit* Coelestin, weißt du nicht, wie ich dich liebe – wie ich dich immer geliebt habe. Ich habe dich an meinen Brüsten genährt, fast bis du mannbar wurdest.

Coelestin wendet sich ab.

STELLAMARIE Nach deinem Gelüst, und zu seinem Elend. Mich – hast du nicht genährt, du wünschtest, ich ginge ein. Wäre nicht Elken gewesen –

DIVANA Du? Du hast meine Brust von dir gestoßen, du hast mich gebissen, eh du Milchzähne hattest.

STELLAMARIE Ich bereue es nicht.

DIVANA Du brauchst nicht zu bereuen, was du nicht gewußt hast. Das warst nicht du selbst, die das getan hat.

STELLAMARIE Ich war das – und ich habe es gewußt. Ich weiß es noch heute.

DIVANA *losbrechend* Nichts wißt ihr, nichts, und ihr habt nichts zu wissen! Ihr brecht Gottes Gebot, das euch heißt, Vater und Mutter zu ehren – schweigt! Ich will nichts mehr hören!

COELESTIN *tritt vor, ruhig und männlich* Ihr glaubt, wir wußten nichts, weil wir Kinder waren. Wir wußten und wissen alles.

Wir hören, wenn er nachts winselt vor deiner verriegelten Tür, jämmerlich wie ein Hund, bis er dann flucht und in die Badhäuser geht, zu den Huren. Wir verurteilen ihn nicht, aber du hast ihn gehaßt und ihm dennoch Kinder geboren. Alle hassen ihn, und wir können ihn nicht lieben. Wir wissen, daß du ihm Schmuck abdrosselst, den er nicht zahlen kann – daß er Geld borgt in der Judengasse, daß er seine Mitbürger betrügt und noch die Armen erpreßt.

STELLAMARIE Und wir wissen, wann du den Schmuck weiterschenkst an Burschen, die dir gerade zupaß kommen.

DIVANA *schreit auf wie in Todesangst* Elken!

Coelestin macht eine Bewegung zu ihr hin, als wolle er sie stützen

Geh! Geht geht geht geht geht!

Coelestin und Stellamarie gehen.

ELKEN *kommt eilig* Wo sind die Kinder? Herrin, was ist geschehen?

DIVANA *setzt sich* Bring mir den Kräutersaft.

ELKEN Wir haben Boten geschickt, aber das Mädchen ist nicht gekommen.

DIVANA *aufstampfend* Ich brauche ihn! Ich muß ihn haben vor dem Tanz, warum kommt sie nicht, gerade jetzt, sie ist immer gekommen.

ELKEN So wollt ihr das Fest nicht aufsagen? Du mußt das den Ratsherrn empfehlen, ich weiß, es droht Gefahr. Man kann einen Vorwand finden, ungünstiger Sterne wegen, oder der Pest in Bremen –

DIVANA Aufsagen? Lächerlich. Was würde das Volk denken, jetzt, wo wir die Plage los sind? Die würden glauben, wir hätten ein schlechtes Gewissen –

Beginnt zu lachen.

ELKEN Dann bleib du zu Hause, Herrin, dir ist nicht wohl, du hast keine Medizin, der jüdische Arzt traut sich nicht in die Stadt heute, du hast gute Gründe – ich bitte dich!

DIVANA *kann nicht aufhören zu lachen, windet sich fast, dann springt sie auf* Ich werde tanzen, wie ich noch nie getanzt habe.

ELKEN *hilflos* Dein Herz – du wirst den Tanz nicht ertragen –

Man hört das Horn und den Bungeschlag von draußen.

DIVANA *jetzt wieder ganz gefaßt* Das ist mir gleich. Halte Wein bereit. *Steht aufrecht, in Erwartung der Eintretenden.*

Elken geht, während Henricus und Gruelhot eintreten, dann der Stadtrichter von Emmern und der Stadtkämmerer von der Campen.

HENRICUS *mit leichtem Kopfneigen vor Divana, das diese lächelnd erwidert* Macte esto optimamque salutem, Gräfin Everstein. Sie sieht wieder aus wie die Göttin Venus persönlich.

GRUELHOT Der gnädige Herr wollte sagen: Frau Stadtregentin.

HENRICUS Was ich sagen wollte, das weiß ich selbst, und ich habe es gesagt. *Tritt zu Divana* Woher hast du den wunderbaren großen Rubin? Der ist rein wie ein Kronjuwel.

DIVANA Es ist ein Geschenk meines Gemahls, des Stadtregenten.

HENRICUS Dann muß er mehr Geld haben, als ein Getreidehändler verdient. Die Stadträte werden froh sein, daß ihr Bürgermeister so reich ist – zumal ihn sein Amt von der Steuer befreit. Oder hab ich unrecht, Herr Stadtkämmerer?

KÄMMERER *verlegen* Es tut jeder das Seine, für das gemeine Wohl.

HENRICUS Das höre ich gerne. So hat er wohl auch die Rattenplage, ich meine ihre Vertreibung, aus der eigenen Tasche bezahlt.

GRUELHOT Der gnädige Herr geruht, dem Ratsprotokoll vorzugreifen.

HENRICUS Ratsprotokoll – das dürfte die Gräfin langweilen.

DIVANA Mich langweilt nichts, was die Gerechtsame der Stadt angeht. Wo bleiben die anderen Herrn?

GRUELHOT Der Herr Propst und ich hielten es für richtig, die heutige Sitzung im engsten Kreis zu halten. Es dreht sich um die Behandlung eines – höchst delikaten Falles.

RICHTER Den wir allerdings nicht in absentia personae erledigen können.

DIVANA Ihr macht mich neugierig.

GRUELHOT Genau gesagt sind es zwei Fälle, die wir zu einigen hoffen. Wir haben eine unwiederbringliche Gelegenheit, das aufrührige Gesindel der hinteren Stadt loszuwerden und damit ein höchst einträgliches Geschäft zu verbinden. Der Herr Kämmerer und der Herr Stadtrichter sind informiert. Die Kaiserliche Macht und die östlichen Ordensritter haben Abgesandte in verschiedene Städte geschickt –

In diesem Augenblick, in seinen Satz hinein, stürmt der Wachkommandant vom Felde in den Saal, hinter ihm erscheint der Bunting, von zwei Spießwächtern flankiert, die aber deutlichen Abstand von ihm halten.

VOM FELDE *atemlos* Wir haben ihn!

HENRICUS Es macht eher den Eindruck, er hat euch.

GRUELHOT Darf ich um Meldung bitten. Wie und wo habt ihr ihn gefangen?

VOM FELDE Nicht direkt gefangen. Er tauchte plötzlich bei der Hauptwache auf und verlangte, vor den Hohen Rat geführt zu werden.

Henricus lacht.

Hauptsache, er ist in Haft.

BUNTING *hat sich beim Eintritt vor Divana verneigt, die Herrn durch kurzes Kopfneigen begrüßt, spricht ruhig und höflich* Ich komme als freier Mann aus freiem Willen und mit zugesicherten Rechten. Ich betrachte die Spießwächter als Geleit, ich brauche sie jetzt nicht mehr.

HENRICUS *amüsiert* Ein Maulwerk, das hat der Kerl.

GRUELHOT *zu vom Felde* Darf ich bitten, die Wächter vorläufig zu entfernen und sich selbst zur Verfügung zu halten.

VOM FELDE So wird er nicht eingekerkert?

GRUELHOT Das wird sich finden.

Vom Felde zuckt die Achseln, geht mit den Wächtern.

Gruelhot zum Bunting Du sprichst von Rechten. Du meinst die Freibriefe, um die du gebeten hast.

BUNTING Nicht gebeten, verlangt. Die Stadt hat sich mir wechselseitig verpflichtet. Ich habe mein Teil getan.

GRUELHOT Willst du deinen Freibrief sehen?

BUNTING Ich ersuche um Aushändigung.

GRUELHOT Herr von Emmern, bitte.

Richter nimmt ein großes Pergament aus einer Ledermappe, reicht es Gruelhot. Gruelhot hält es aufgerollt hoch, so daß die Schrift zu sehen ist Du hast es gesehen. *Reißt das Schriftstück von oben nach unten durch.*

Bunting scheint unberührt.

GRUELHOT Was sagst du dazu?

BUNTING Nichts. Ich hatte so was erwartet. Ich habe euch nie getraut.

GRUELHOT Und da kommst du hierher? Weißt du, daß wir dich der Zauberei anklagen und der Folter übergeben können?

BUNTING Das könnt ihr nicht. Man hat mich auf den Straßen gesehen, das Volk würde sich empören. Und der geistliche Oberhirte hat mich vom Vorwurf des Zauberns losgesprochen.

HENRICUS Oho! Es gibt zwei geistliche Oberhirten hierzuland, der eine fürs Gebet, der andere für die Macht, und du kannst froh sein, wenn wir dich nicht auf der Stelle –

GRUELHOT Ich bitte den gnädigen Herrn Propst, sich nicht zu ereifern und mir das Verhör zu überlassen.

BUNTING Und ich verlange Berichtigung des Wortes Verhör. Es handelt sich um ein Gespräch zwischen Freien.

GRUELHOT Wir wollen uns nicht über Worte streiten. Du gibst also zu, daß uns der Freibrief unter erpresserischen Umständen abgenötigt wurde und daß eine solche Zusage keine Gültigkeit besitzt.

BUNTING Wir wollen uns nicht über Worte streiten. Die Herren wissen genauso gut wie ich, daß sie aus diesem Handel nicht herauskommen, ohne mich zu entlohnen. Man hat sich das gewiß überlegt. Was hat man mir zu bieten?

GRUELHOT Mir scheint, du hast Vernunft angenommen, und wir meinen es gut mit dir. Wir bieten dir mehr, als du jemals erhoffen könntest und als deine bisherigen Dienstleistungen für die Stadt wert waren. Aber du mußt noch einen weiteren kleinen Dienst für uns tun.

BUNTING Worin könnte der bestehn?

GRUELHOT Ich bitte Herrn Stadtkämmerer von der Campen.

KÄMMERER *zum Bunting* Kennst du den Wert von hundert Golddukaten in kaiserlichem Münzschlag?

BUNTING Hoho! Damit könnte man die Judengasse leerkaufen – und einen Getreidehandel anfangen.

Henricus lacht.

KÄMMERER Du bist dir also im klaren, daß dies der höchste Lohn ist, der jemals einem gewöhnlichen Spielmann ausgehändigt wurde, nicht einmal einem fürstlichen Leibarzt oder Astrologen.

Bunting schweigt, verschränkt die Arme.

GRUELHOT Ich verstehe dein Staunen. Du wirst noch erstaunter sein, wenn du erfährst, für welch geringen Dienst du diese ungeheure Summe erwerben kannst.

Bunting schweigt weiter.

Dir ist es durch Zauber, unter Anwendung deines Flötenspiels, gelungen, die Ratten scharenweise aus der Stadt und ihrer Umgebung wegzuführen. Traust du dir zu, das gleiche mit einer Schar von – unverwertbaren – Menschen zu tun, die dem Vieh näherstehen als Unsereinem?

Bunting schweigt noch immer.

Mir wurde berichtet, du kennst die Länder jenseits von Elbe, Oder und Weichsel. Es müssen gute, fruchtbare Länder sein, die ihren Kolonisten reichlich Gewinn und Nahrung bieten. Wir wollen einem Teil unseres ärmeren Volkes, dem diese Stadt mit ihren schwachen Kräften nicht genügend Unterhalt zu sichern vermag, die Gelegenheit geben, sich in jenen gelobten Gegenden niederzulassen. Doch wir sind nicht sicher, ob sie diese Wohltat zu schätzen wissen. Du sollst ihnen von den Vorteilen erzählen, die eine solche – Umsiedlung – für sie bedeutet. Vor allem sollst du auf der Flöte spielen, wenn die beiden kaiserlichen Ritter, denen wir sie zugesagt haben, zur Sammlung rufen, und sollst ihren Auszug anführen, auf deine Weise, damit sie ihn heiteren Mutes antreten. Du brauchst sie nur bis Braunschweig zu geleiten, dort werden sie mit anderen Auszüglern aus anderen Städten zusammentreffen und von einer gewappneten Truppe übernommen. Dir steht die

Welt offen, denn man wird dir dort das Gold aushändigen. Dafür bürgen die beiden kaiserlichen Herrn. Warum sprichst du nicht?

BUNTING *nach einer Pause* Weil ich kaum glauben kann, was ich da höre. Ihr wollt euer einsässiges Volk in die Sklaverei verkaufen.

GRUELHOT Sklaverei! Sind wir denn Türken und Mohren? Man braucht dort freie Siedler, denen man so viel Grund und Boden –

BUNTING Ja, die braucht man, besonders in den Ordensländern am Belt, und die sucht man sich aus edlen Geschlechtern und Stammhäusern, aber diese wieder brauchen eine proles, die für sie front und schwitzt ums nackte Leben. Du sprachst von kaiserlichen Herrn, deren neue Reichsländer liegen in Böhmen, Moravien, Pannonien. Dort erwarten Aufseher mit der Peitsche eure Leute, damit sie Erz fördern aus den Schächten und Steine karren für die Heerstraßen. Du hast recht, ich kenne diese Länder, und ich weiß, daß die einzige Vergünstigung und Gewährnis, die man ihnen fest zusagen kann, darin besteht, daß keiner von ihnen die zwölf Jahre überlebt, für die man sie in Zwang nimmt.

GRUELHOT Das sind Lügen und hetzerische Reden, die du bereuen wirst. Unsere Ohren sind taub für solche nichtswürdige Schmähung, wir haben sie nicht vernommen. Dies ist mein letztes Wort –

HENRICUS *in aufkochendem Zorn* Was schwatzt du noch lange. Der Kerl will nicht hören, also soll er fühlen!

GRUELHOT – mein letztes Wort. Bist du bereit, auf diesen Handel einzugehen, der dir hier gnädigst vorgeschlagen wird oder nicht?

BUNTING Ich bin bereit, euch einen Gegenvorschlag zu machen – den einzigen, den ich als Vergütung meiner Dienste annehmen kann; denn daß ich kein Geld nehme, wißt ihr schon. Ihr verzichtet auf diesen schändlichen Menschenhandel. Ihr stellt einen neuen Freibrief aus, und zwar nicht nur für mich, sondern für alle Ansässigen der hinteren Stadt, der ihnen volle

Bürgerrechte gewährt und angemessene Entlohnung für jeden, der arbeitswillig ist – dann werden sie es sein. Ich lasse euch Zeit zur Vorbereitung, bis zur Morgenfrühe des kommenden Tages, nach dem Fest. Wenn ihr das ablehnt, werdet ihr es bereuen.

GRUELHOT Du drohst? Du wagst es, zu drohen? *Höhnisch* Womit?

BUNTING *sehr ruhig und gemessen* Habt ihr nie bedacht, daß einer, der Ratten weglocken, auch Ratten herführen könnte? Andere Ratten? Es gibt sehr viele Ratten auf der Welt, mehr als die, welche die Weser hinabgeschwommen sind. Bedenkt euch. Dies ist mein letztes Wort.

HENRICUS *vor Zorn blaurot aufgeschwollen* Dann sei es dein letztes! Verreck!

Er will sein Schwert aus dem Gehäng reißen, aber es bleibt in der Scheide stecken, so sehr er daran zerrt, wobei sein Gesicht immer mehr anschwillt. Keiner der anderen versucht, ihn zu hindern oder ihm zu helfen. Der Bunting steht ungerührt, doch mit gespannten Muskeln.

DIVANA *beginnt leise zu lachen* Wenn der Herr Propst wüßte, wie komisch ein Mann aussieht, der sein Schwert nicht aus der Scheide kriegt. *Lacht stärker.*

HENRICUS Gott verdamme die Geistlichkeit, ich hab es zu lange nicht mehr gezückt, ich lasse meinen Rüstknecht auspeitschen – jetzt! *Hat das Schwert heraus, will sich auf Bunting stürzen.*

DIVANA *mit einem leichten Schritt vor den Bunting dem Propst gegenüber* Das Schwert ist rostig, aber meine Diele ist blank und frisch gescheuert. Will ein Herr von so guten Manieren das Haus einer Dame besudeln – mit Blut womöglich?

HENRICUS *keuchend* Seit wann hat eine Frau im Hohen Rat zu bestimmen?

DIVANA Nicht zu bestimmen, doch mitzureden. Ihr alle kennt das Vermächtnis meines Vaters, der euer Vogt war.

Henricus steckt wütend sein Schwert zurück.

Außerdem höre ich Mitternacht schlagen, es wird höchste

Zeit, das Fest einzuleiten, die Herrn warten auf der Tribüne, die Musik zieht auf, die Leute werden unruhig.

RICHTER Und was geschieht mit dem?

GRUELHOT Ruft den Wachkommandanten. Wir werden ihn aburteilen, ohne Verzug.

DIVANA Halt. Nach altgewohntem Brauch wird das Fest der Sonnwend um Mitternacht von der Frau des Stadtregenten angesagt. Es soll Stadtfreiheit herrschen in dieser Nacht, für Wort und Rede, für Tanz und Lustbarkeit. Es soll keine Waffe gezückt, kein Recht gesprochen, kein Richtspruch vollzogen werden, bis die Frühsonne überm Ostertor steht. *Sie ruft nach draußen* Laßt die Herolde das Fest ankünden!

Trompetenstöße.

RICHTER Dann müssen wir ihn so lang in den Kerker stecken, es sind keine vier Stunden.

DIVANA Nein. Ich mache ihn zu meinem Spielmann und Vortänzer für diese Nacht, zu meinem Kammerherrn und Begleiter.

RICHTER Kann die hohe Frau Haftung übernehmen für seine Person?

DIVANA Bis die Frühsonne überm Ostertor steht. Will der Herr Propst den festlichen Aufzug anführen?

HENRICUS Feiert euer verdammtes Pfahlbürgerfest alleine. Frau Gräfin – *Verneigt sich kurz vor Divana, geht.*

GRUELHOT Darf ich die Herrn bitten, mit diesem – Spielmann im Vorraum zu warten. Ich habe noch ein Wort mit meiner Gemahlin zu reden. Aber paßt gut auf, er darf nicht weglaufen.

BUNTING Es bedarf keiner Aufsicht. Ich bin der Dame verpflichtet, für den Rest der Nacht.

Richter und Kämmerer gehen, der Bunting in ihrer Mitte.

DIVANA Nun?

GRUELHOT Ich danke dir. Du hast mir sehr geholfen – aus der Klemme geholfen.

DIVANA Dir? Wieso?

GRUELHOT Ich habe gar kein Interesse daran, den Burschen sofort zu richten, aber ich hätte es tun müssen, des Propstes und der Ratsherrn wegen. Das hätte zu Aufwiegelei und Ärgernis mit den Bürgern führen können. Jetzt ist er für die Freinacht in deinem Schutz, das enthebt mich zunächst der Verlegenheit, doch bitte ich dich, laß ihn nicht von deiner Seite, schmeichle ihm, du verstehst. Zeig dich mit ihm beim Tanz, mach ihn dir hörig, das ist die beste Haft – bis – *Verstummt.*

DIVANA Bis zum Morgen. Und was wird dann geschehen?

GRUELHOT Darum sorg dich nicht. Mehr kann ich nicht sagen.

DIVANA Du hast einen Hintergedanken, den ich nicht kenne. Aber ich werde tun, was du willst, weil es mein eigener Wille ist.

GRUELHOT Ich kann mich auf dich verlassen?

DIVANA Du kannst es, solang ich lebe.

GRUELHOT *bestürzt* So hast du noch nie zu mir gesprochen.

DIVANA Geh voraus mit den Herrn und schick mir den Spielmann herein, nur für ein paar Minuten, damit ich ihm sage, wie er sich verhalten soll.

GRUELHOT Allein mit ihm?

DIVANA Elken wird bei mir sein. *Ruft* Elken!

Gruelhot geht. Für einen Augenblick hört man, als ob eine Tür sich öffne, sehr laut die Stadtmusik: Pauken, Trommeln, Holzbläser und quäkende Sackpfeifen, dazu Stampfschritte oder Getrampel, keine Stimmen. Dann, wenn Tür und Tor wieder geschlossen sind, nur noch gedämpft den Rhythmus der Bungepauken.

Elken ist eingetreten, fast gleichzeitig kommt Bunting zurück.

Bring mir den Wein, Elken, zwei Becher.

Elken geht.

Divana setzt sich, während Bunting noch an der Schwelle steht.

Elken kommt zurück, stellt die Weinbecher neben Divana, schaut sie fragend an.

Es ist gut, Elken.

Elken geht.

Divana weist auf einen Sitz, dann trinkt sie hastig.

Bunting setzt sich, ohne zu trinken.

Du treibst ein gewagtes Spiel.

BUNTING Ich bin es gewöhnt. Du nicht?

DIVANA Warum bist du hierher gekommen? Du hättest verschwinden können, ungesehn.

BUNTING Wolltest du, daß ich verschwinde?

DIVANA Darauf kann ich dir keine Antwort geben. Aber du weißt, daß die Stadt, in die du mich geleiten sollst, voller Menschen ist und daß alle Tore besetzt sind von den Schwertmännern des Propstes.

BUNTING Ich werde nicht so dumm sein, durch ein Tor zu spazieren.

DIVANA So weißt du einen anderen Ausweg?

BUNTING Vielleicht.

DIVANA Du vertraust mir nicht.

BUNTING Nein.

DIVANA Ich habe dich vorm Schwertstreich des Henricus und vorm Standgericht bewahrt.

BUNTING Für eine Nacht – um zu spielen mit mir.

DIVANA Ein Spiel vor aller Augen. Was hätte ich davon, oder du?

BUNTING Alles.

DIVANA Was meinst du damit?

BUNTING Die wirklichen Spiele werden nicht von den Leibern gespielt.

DIVANA Sondern?

BUNTING Von den Gedanken, Wünschen, Begierden, Süchten, die kein Ende haben.

DIVANA Dann sind es tödliche Spiele.

BUNTING Für den, der verliert.

DIVANA Liegt dir nichts am Leben?

BUNTING Mir liegt nur am Leben.

DIVANA *trinkt wieder* Manche meinen, daß nach dem Tod Ruhe kommt, sonst nichts. Andere denken anders.

BUNTING Was denkst du?

DIVANA Ich frage nicht. *Trinkt* Ich habe dich noch nie die Flöte spielen hören. Willst du es tun, für mich?

BUNTING *steht auf* Ciavo Gospodina.

DIVANA *ist auch aufgestanden, tritt zu ihm* Das – sollst du nie mehr sagen. Ich bin nicht deine Herrin. Du gehörst mir nicht. Aber ich –

BUNTING Du mußt es nicht aussprechen.

DIVANA *fast tonlos* Ich habe niemals einem Menschen gehört. Keinem Mann, keiner Frau.

BUNTING Soll ich dein Herr sein?

DIVANA Nur wenn es dich danach verlangt – so wie mich.

BUNTING Es verlangt mich danach.

DIVANA Doch du vertraust mir nicht.

BUNTING Jetzt vertraue ich dir. Ich werde entkommen, wann immer ich will, durch ein Loch in der alten Mauer, das nur eure Kinder kennen und das nie bewacht ist. Aber ich komme wieder – nicht allein – und werde Herr sein über diese Stadt.

DIVANA Du bist mein Herr.

BUNTING Noch bin ich in deiner Hand. Du kannst mich verraten.

DIVANA Spiele für mich.

BUNTING Draußen, zum Tanz?

DIVANA Hier. Nur für mich.

BUNTING Dann mußt du tanzen – für mich. Nur für mich.

DIVANA Du bist mein Herr.

Bunting hat die Flöte erhoben, kurzer lockender Anlauf.

Divana mit hoch erhobenen Armen, beginnt zu tanzen, in kleiner Distanz ihm gegenüber und fast auf der Stelle, erst mit einem Wiegen des Körpers und weit ausspreizenden Schritten, später bis zur Selbstumdrehung und zu wildem Schwingen gesteigert, im Zug des sich immer mehr steigernden Flötenspiels, während der Bunting sie in verhaltenen Tanzschritten umkreist.

BUNTING *setzt ab* Gehörst du mir jetzt?

DIVANA *tanzend* Du bist mein Herr.

BUNTING *spielt, immer zwischen dem Spielen absetzend* Dann entblöß dich vor mir. Entblöße deine Brüste.

DIVANA *mit der Gebärde der Entblößung, ohne ihr Gewand zu berühren* Du bist mein Herr.

BUNTING Entblöße deinen Leib, deinen Schoß. Deine Schenkel.

DIVANA *mit der Gebärde des Herunterreißens ihrer Kleider, ohne sie zu berühren* Du bist mein Herr.

BUNTING Dein Herz, deine Seele.

DIVANA *schwer atmend, mit der Gebärde völliger Hingabe* Du bist mein Herr.

BUNTING *die Flöte senkend, man hört nur von draußen den Paukenschlag* Hör auf zu tanzen. Das Spiel ist aus. Du hast keinen Atem – hör auf!

DIVANA *immer noch tanzend* Das – kannst du mir nicht befehlen. Das – hat kein Ende – *Sie stürzt rücklings nieder, liegt reglos.*

BUNTING *über sie gebeugt* Steh auf! Steh auf, sag ich! Ich bin dein Herr!

ELKEN *fast gleichzeitig herein* Divana! Herrin! *Schreiend* Du hast sie ermordet!

Bunting mit einem Sprung über die Tote hinweg, verschwindet. Elken reißt ein Fenster auf, schreiend nach draußen Er hat sie ermordet! Er hat meine Herrin ermordet! Packt ihn, hetzt ihn, haltet ihn! Er hat meine Herrin – *Mit ersticktem Aufweinen, wirft sich über die Tote.*

GRUELHOT *tritt ein, hinter ihm Wachkommandant vom Felde.*

RICHTER Wo ist er?

VOM FELDE Entflohn.

RICHTER Der Hexer! Es hat ihn keiner gesehn, der muß durch die Luft sein.

GRUELHOT Laßt das Fest abbrechen. Ruft alle Wachen. Alarm.

VOM FELDE *hinausrennend, rufend* Alarm! Alarm!

Richter folgt ihm. Der Paukenschlag draußen verstummt. Man hört, in verschiedener Entfernung, das Horn blasen. Gruelhot tritt zu der Toten, schiebt Elken weg. Stellamarie und Coelestin sind im Eingang erschienen, stehen schweigend. Gruelhot nach einem langen Blick, kniet nieder, nimmt seinen dunklen Samtmantel ab, breitet ihn über sie.

XIV.

Vor den ›Drei Kugeln‹ und in der Umgebung hat sich das Gelichter der hinteren Stadt zusammengerottet, alt und jung. Sie tragen Sensen, Spitzhacken, Äxte.

Zwei der Jungen, nackt bis zum Gürtel, haben Rikke rechts und links auf ihre Schultern genommen, um sie voranzutragen. Sie sind zum Aufbruch bereit, stehn aber jetzt wie in Erstarrung, auf die näher kommenden Hornstöße lauschend. Es ist heller Morgen.

KÖTERINCK Die blasen das Horn und rufen was!

SCHNUDEL Dann seid ihr verraten.

RIKKE Unmöglich. Keiner weiß etwas außer ihm.

KÖTERINCK Warum blasen die da?

RIKKE Sie werden das neue Sonnenjahr ausrufen, das tun sie immer.

HENNING Du hast uns gesagt, er wird kommen, bevor die Sonne aufgeht, wenn die Stadt noch schläft nach dem Fest. Jetzt ist die Sonne auf, und er ist nicht da.

SCHLITZBAUCH Alarm, das blasen die, Alarm!

RIKKE Er kommt, er muß kommen.

SCHNUDEL Schmeißt die Sensen weg, da sind sie!

Die Männer werfen ihre Sensen und Hacken ins Wirtshaus. Gleichzeitig erscheint ein Trupp zerlumpter Burschen, in ihrer Mitte Hutzelbein, der ein handgeschriebenes Blatt trägt. Alle sehr erregt.

HUTZELBEIN Das haben sie am Rathaus und dem Kornspeicher angeheftet. *Liest stockend vor* Gesucht wird ein landfremder Flüchtling unbekannten Namens, nach seiner Kleidung der Bunting genannt. Der Selbige ist schuldig des Mordes an der Gattin des Stadtregenten und der Hexerei. Ein Kopfpreis ist ausgesetzt worden von hundert Braunschweiger Gulden für seine Ergreifung und Überstellung, toten oder lebendigen Leibes, an das Hochgericht. Wer ihn aufnimmt, ihm Schutz und Nahrung gewährt oder zur Flucht verhilft, der verfällt ohne Unterschied des Standes, Geschlechts oder Alters der peinlichen Tortur und dem Henker. *Er geht weiter.*

Köterinck wirft seine Axt zu Boden.

Die beiden Jungen lassen Rikke von ihren Schultern fallen, die sich wortlos niederhockt.

GRINDKOPP Aus. Jetzt ist alles verloren.

HOSTIENBÄCKER *ist fast unbemerkt dem Ausrufertrupp gefolgt und sitzt plötzlich unter ihnen auf einem Tisch* Gewonnen, ihr Blödhammel, gewonnen! Wenn alles drunter und drüber geht in der Stadt, alle Wächter und Schwertmänner auf der Menschenhatz, so was kommt nie wieder, da braucht man nur hinlangen, da kann man reich werden, da hat man den Sack voll, da hat man ausgesorgt!

LUTZE Der Kopfpreis?

HOSTIENBÄCKER Ist ein Dreck unterm Nagel. Die Judengasse! Da bersten die Truhen und die Kästen, das hat kein Ratz angenagt, das rote, harte Gold. Da sind die Beutel voll mit den Diamanten und Fünkelsteinen, wie sie kein Kaiser an der Krone trägt, da staut sich die Seide aus Flandern und der gewebte Purpur ballenweis, und wenn ihr einen Juden kopfunter stellt, da rollen die Silberstücke aus dem Kaftan.

KÖTERINCK *mit offenem Maul* Du meinst –

HOSTIENBÄCKER Ich meine, es gibt nur zwei Sorten von Menschen auf der Welt, die Armen und die Reichen. Wer kein Geld hat, ist ein Lump, und wer hat, dem sind alle Todsünden vergeben, und wem vorm Nehmen und Säckeln bang, der bleibt im Dreck sein Leben lang. Jetzt wißt ihr's, macht, was ihr wollt.

KÖTERINCK Aber wie kommen wir rein? Die Mauern, die Tore –

HOSTIENBÄCKER *langt über sich, reißt ein Bündel Stroh aus dem Dach, schmeißt es unter sie* Man sagt, das Stroh ist dumm, da habt ihr, macht euch Köpfe daraus, die werden besser als eure angewachsenen. Wie ihr reinkommt! Da braucht ihr keinen Pfeifer und keine Henkerschneppe.

Soll ich euch sagen, ihr Hornvieh, wie ihr reinkommt, ohne daß einem die Wampe geritzt wird? Durchs Nonnenkloster, wo sonst? Habt ihr denn nie ans Nonnenkloster gedacht?

Das hat zwei Ausgänge, einen in die Stadt zu Sankt Gertraudis, einen aus der Stadt, durch den sie ihre Bittgänge machen. Der ist mit einem Balken geschlossen, aber gleich nebendran, da ist das Pförtchen, durch das ich den Korb mit den Hostien bringe in der Früh, das hat nur einen Holzriegel innen, den brecht ihr mit einem Fußtritt – und dann geradeaus durch den Kreuzgang, ich sag euch, ehe die Zeit haben, in Ohnmacht zu fallen oder Jesus zu rufen, seid ihr durchs Vordertor in der Stadt.

Aber ihr wißt auch, was gleich dahinter liegt, noch im Klosterbann und wo bei Tage kein Mann ist, geschweige ein Spießmann, das sind die Badhäuser, voll von schleckrigen Weibern, die könnt ihr als Zuspeise mitschleppen, aber erst in die Judengasse, die ist gleich ums Eck, da müßt ihr euch aufteilen, immer sechs Mann in ein Haus, raus mit dem Gold, wer Geschrei macht, wird totgeschlagen, und dann schmeißt ihr Brandfackeln in die Dächer und durch die Fenster rein, daß alles zundert und flackt, das deckt euch den Rückzug, denn da werden sie alle rennen, die Hände voll mit Wassereimern, damit der Brand nicht in die Stadt schlägt – Feurio!

Und ihr mit dem Gold und dem Schmuck und den Weibern verduftet wie ein Gestank. Wenn das nicht euer Glückstag ist heute – und der kommt nicht zweimal.

KÖTERINCK Durchs Nonnenkloster – auf die Idee hätten wir selber kommen können. Aber es ist eine Sünde.

HOSTIENBÄCKER Dann will ich euch einen Rat geben: beichtet sie, aber begeht sie erst.

Gelächter.

HENNING UND EINIGE JUNGE *in wilder Entschlossenheit* Auf, los, durchs Nonnenkloster, nehmt nur die Äxte mit und die langen Messer, holt Feuerkien aus dem Herd drinnen und Fakkeln und trocken Stroh, durchs Nonnenkloster, in die Judengasse, in die Badhäuser, los, los, los!

DIE ALTEN *nun auch völlig wild geworden* Los Los Los!!

HOSTIENBÄCKER *packt Köterinck an der Schulter* Du sorgst, daß alles beisammen bleibt und sich nicht versplittert. Aber merk dir: Die Idee ist von mir, das kostet ein Zehntel vom Gold, die Weiber könnt ihr behalten.

DAS GELICHTER *hat sich formiert, stampft nun, mit Kienspänen und Pechfackeln, im Taktschritt mit taktmäßigem Chorgebrüll* Los Los Los – Los Los Los – *Setzen sich in Gäulstrab, verschwinden.*

SCHNUDEL *der Wirt, ist geblieben* Wenn das man gut geht –

HOSTIENBÄCKER Das kann gar nicht gut gehn, das gibt Stunk, hinterher. Bei so was, da ist man nicht dabeigewesen, da nimmt man, was abfällt, und behält seinen guten Ruf. *Geht ins Wirtshaus, Schnudel folgt. Rikke kauert immer noch auf einem Sitz, als ginge sie all das nichts an, hat den Kopf auf den Tisch gelegt. Der Kleine Henker erscheint mit vorsichtiger Eile.*

KLEINER HENKER *rasch zu ihr hin, faßt sie am Arm, hastig* Er ist entwischt. Entkommen.

Rikke fährt hoch.

Aber durch alle Keller hat er müssen kriechen und durch die Abflußröhren zum Fluß, wie vordem die Ratzenbrut.

RIKKE Wie kannst du das wissen?

KLEINER HENKER Nach meinen Aalködern wollt ich sehn, ich hab da einen toten Hund im Schlamm vergraben, da pfeift was ganz leis im Ufergebüsch, wie ein Rohrspatz nicht anders, aber ich hab's erkannt. Er sagt, du weißt das Versteck, stromab von den Werften.

Rikke springt auf. Kleiner Henker hält sie am Arm Nicht jetzt, die Stadt ist voll mit Kriegsknecht. Wenn's Nacht wird, sollst du kommen, mit einem Boot –

RIKKE Das mach ich los, bei den Fischern –

KLEINER HENKER Und Speis und Trank mitbringen, dann will er den Fluß runter, bis zum offenen Meer –

RIKKE Zum offenen Meer.

KLEINER HENKER *weinerlich* Aber ich, da bleib ich allein mit der Alten, und das ist der Dank –

RIKKE *zerrt ihn weg* Rasch nach Haus. Jetzt darf mich keiner mehr sehn.

Sie gehen schnell.

Hostienbäcker kommt hinter der Tür vor, schaut ihnen nach.

XV.

Die Brunswyker Landsknechte ziehn auf die Stadt los, aus der schon Feuerschein flackert. Sie marschieren in Achterreihen, man braucht nur die vordersten zu sehn, doch dahinter ein unabsehbarer Wald von erhobenen langen Lanzen. Ihr Marschlied soll stur sein, blödsinnig, von kollektivem Stumpfsinn, doch unter keinen Umständen komisch. Dumpfer Trommelschlag.

MARSCHLIED:

»Über Land über Feld über Stock und Stein
Zieht der Landsknecht hinter seinem Hauptmann drein.
Jede Dirn jede Magd muß ihm willig sein,
Denn dafür legt er seine Lanze ein –
Rattabau Rattabau Rattabau«

HAUPTMANN *elegant, detachiert* Das Ganze – halt! Instruktion.

FELDWEBEL Achtung! Die Lanzen – ab! Herhören!
Landsknechte stellen die Lanzen hart nieder, mit einem Fuß vortretend, bewegungslos.
Für die, wo noch nicht im Gefecht waren – merkt: genau wie auf dem Exerzierplatz mit der Stoffpuppe und den Schweinsblasen. Mit der Lanze scharf gezielt, von unten durch die Magengrube oder überm Brustlatz durch den Hals. *Er brüllt einen Jungen an* Wiederholen!

JUNGER LANDSKNECHT *bleich* Mit der La-la-la mit der Lalalanze –

FELDWEBEL Scher dich ins Glied! Feigling! *Ruhig* Da sind keine Berittenen und Gewappneten, das ist Kinderspiel. Aber merkt: Den Jungen und Kräftigen nur mit dem Lanzenschaft oder Schwertknauf übern Kopf, die braucht man lebendig. Der Rest ist Freiwild, die hintere Stadt wird gesäubert. Und was die Weiber anlangt: Daß mir keine Keilerei passiert, immer der Reihe nach, das geht nach Dienstalter und Rang. Im Zweifelsfall wird gelost. Ach-tung!

Die Landsknechte reißen die Lanzen hoch, stehen stramm.

HAUPTMANN Vorwärts – Marsch! *Trommelschlag.*

XVI.

Brandroter Himmel. Rückwärtig das Tor der Stiftskirche, weit geöffnet. Sie ist von Flüchtlingen erfüllt, und es drängen noch weitere hinzu: Juden in zerrissenem Kaftan, Frauen mit zerfetzten Kleidern, manche halbnackt, Verwundete aus der hinteren Stadt, von einigen Nonnen und Mönchen geleitet. Die meisten sind stumm, die Juden beten mit rituellem Klagelaut.

Im Vordergrund stehen Ludger, der Dekan und Henricus einander gegenüber. Bei Ludger ist Johannes, hinter Henricus der Kämmerer und der Richter.

HENRICUS Du schändest das Gotteshaus! Du hast meinen Soldaten mit dem Kirchenbann gedroht!

LUDGER Jawohl, wenn sie Untaten begehn. *Ruhig, zu Johannes* Sieh zu, daß genug Trinkwasser da ist und Verbandszeug.

Johannes humpelt nach hinten.

HENRICUS *schreiend* Du öffnest die geweihte Kirche für Juden, Mordbrenner und Huren!

LUDGER *fest* Für Juden, Mordbrenner und Huren – wenn sie gemetzelt werden wie Tiere.

HENRICUS Ich bin der Propst! Wer hat dir das Recht gegeben? Mich hast du zu fragen!

LUDGER Ich bin der Dekan, dies ist meine Pfarrei, nur ich habe das Recht, die Kirche zu öffnen oder zu schließen.

HENRICUS Dann setz ich dich ab! Du bist nicht mehr fähig, ein Kirchenamt zu verwalten, dein Hirn ist vergreist und verblödet! Du bist abgesetzt, ich übernehme das Dekanat!

LUDGER Das kannst du nicht. Nur die bischöfliche Synode kann einen Dekan und Weihbischof ein- oder absetzen. Du kannst mich verklagen, aber du kannst mir nicht in den Arm fallen. Ich stehe für meine Handlungen, vor der Kurie und vor dem Heiligen Vater.

HENRICUS Ich bin vom Herzog von Braunschweig hier als Propst eingesetzt, ich habe Vollzugsgewalt!

LUDGER Für die politischen Interessen des Herzogs, nicht für die Kirche.

HENRICUS Es ist ein Skandal! Wo ist der Stadtregent?!

RICHTER Der gnädige Herr weiß, daß er in Trauer ist –

HENRICUS Das ist Privatsache. Er hat seines Amtes zu walten!

RICHTER Das tut er. Er hat den Wachkommandanten beauftragt, mit dem Feldhauptmann die Aktion in der hinteren Stadt durchzuführen.

HENRICUS Ich verlange, daß das Gesindel aus der geweihten Kirche entfernt wird.

LUDGER Die Kirche wird neu geweiht werden, wenn die Verfolgten sie in Sicherheit verlassen können.

HENRICUS Das heißt, du bietest mir Trotz?

LUDGER Ich halte das Gespräch für beendet. Pax tecum.

HENRICUS Dann hab ich es satt, hier den Propst zu spielen und mich lächerlich zu machen. Ich schmeiß euch den Krempel hin, aber erst, wenn der Saustall ausgeräumt ist und die Kosten bezahlt sind. *Zum Kämmerer* Wir haben Verluste gehabt, das kostet vier Scheffel pro Kopf.

KÄMMERER Die Schuldverschreibung ist auf drei Scheffel ausgefertigt, eine Abänderung müßte neu beschlossen werden.

HENRICUS Esel! Ich will keine Schuldverschreibung, ich will bares Geld.

KÄMMERER Dann muß der gnädige Herr warten, bis die neue Ernte verkauft und das Geld aus Bremen eingegangen ist.

HENRICUS Querköpfe, Geizhälse und Idioten. Seit ich hier Propst bin, habe ich nur einen einzigen vernünftigen Menschen kennengelernt.

RICHTER Und das wäre?

HENRICUS Der Rattenfänger! *Geht.*

XVII.

Die Hütte des Kleinen Henkers: Türe und Fenster zur ebenen Erde. Seitlich Gebüsch.

Das Brandflackern am Himmel hat aufgehört, doch liegt überm Stadthorizont ein schwarzer Rauch.

Ein kleiner Trupp Landsknechte, vom Feldwebel geführt, nähert sich rasch dem Haus.

FELDWEBEL *pocht an die Tür* Aufgemacht!

KLEINER HENKER *öffnet sofort, als habe er hinter der Tür gelauscht, mit einem Schnapskrug in der Hand, macht einen Bückling* Wenn ich die Ehre des ritterlichen Besuchs untertänigst und bescheidlich verdanken darf – klarer Machandel, selbstgebrannt.

FELDWEBEL Das kommt später. Gib die Hexe raus.

KLEINER HENKER Von einer solchen Anwesenheit ist mir nichts bekannt, es sei denn, daß mein eheliches Weib, irrtümlich, da sie Kräuter sammelt –

FELDWEBEL Schwätz nicht, wir wissen Bescheid, die Kammerfrau beim Bürgermeister hat uns hergewiesen, wir wollen die junge, schöne, die du Tochter nennst, aber ein Bankert ist.

KLEINER HENKER *noch in der Tür* Was diese belangt, so muß ich leider verlauten, daß sie krank ist, sehr krank, man spricht von der Türkenseuche –

EIN RÜDER LANDSKNECHT Uns kann sie nichts anhängen, wir haben es schon.

Gelächter.

FELDWEBEL *packt den Kleinen Henker am Latz, stößt ihn von der Tür weg* Marsch. Holt sie raus.

Die Landsknechte ins Haus.

Gib her. *Nimmt dem Kleinen Henker den Krug ab, riecht daran* Nicht übel. Trink du zuerst!

KLEINER HENKER Mit Verlaub, wenn es dem Herrn nicht zuwider –

FELDWEBEL Sauf!

Kleiner Henker nimmt einen Schluck.

Feldwebel nimmt den Krug, tut einen Zug, rülpst Wenn du die Sünder so gut brennst wie deine Beeren, dann bist du ein braver Henker.

Rikke wird von den Landsknechten herausgeführt. Sie wehrt sich nicht. Sie trägt ein langes, hemdartiges Hausgewand, hat ein Tuch um ihre Hüften geschlungen. Ihr Gesicht ist weiß. Sie lächelt.

LANDSKNECHT Die lächelt. Die lächelt immer.

RIKKE *mit starrem Lächeln* Macht mit mir, was ihr wollt. An mir werdet ihr keinen Spaß haben.

LANDSKNECHT Wir nicht, aber unser kleiner Bruder.

Rohes Gelächter.

FELDWEBEL Nehmt sie hintern Busch. Ich saufe lieber.

Rikke wird hintern Busch gezerrt. Sie schaut kurz zurück, lächelt.

Was lächelt die so infam? *Trinkt. Zum Kleinen Henker* Du hältst das Maul über alles, was hier geschieht, sonst brennt dein Häuschen.

JUNGER LANDSKNECHT *kommt zurück, grün im Gesicht* Die hat sich aufgeschlitzt, von unten. Pfui Teufel, da schwimmt alles in Blut – *Ihm wird übel.*

FELDWEBEL Lebt sie noch?

ANDERER LANDSKNECHT *kommt zurück* Sie hört schon auf zu atmen, aber sie lächelt immer –

FELDWEBEL *gleichgültig* Dann schmeißt das Aas in die Weser.

XVIII.

Psalm von den ermordeten Seelen

BUNTING *fischt im Weidengebüsch mit einem langen Stecken eine formlose Gestalt aus dem Fluß, zieht sie ans Ufer.*
Da ist etwas, wozu ich nicht sprechen kann.
Da ist ein Ding, das ich nicht kenne und das mein Wort nicht hört.
Zu Wem soll ich sprechen?
Ist da Einer, der alles dies zuläßt und sich dennoch erbarmt?
Wo eine Stadt ist, in der Menschen wohnen,
wird sie nach Seelen gezählt,
und werden da hundert gemordet,
so ist sie um hundert Seelen ärmer.
Denn sterben die Leiber ab und werden hingerafft,
die schuldigen wie die unschuldigen,
so sterben die Seelen zuerst.
Ein Leib gibt die Seele auf, bevor er erkaltet,
sie aber wehet dahin ins ewige Schweigen.
Und wer da hineinruft, dem wird keine Antwort,
es sei denn das Gurgeln des Strudels aus der Tiefe.
Du kaltes fremdes Ding, zerrauft und triefend,
was bist du anders als ein ersoffenes Tier?
Kam jemals warmer Hauch von deinen Lippen und Feuchte aus deinem Schoß,
hat dein Haar jemals geknistert?
Konntest du jemals lachen, weinen, jauchzen und stöhnen vor Lust?
Die Tiere pfeifen in ihrer Todesangst und brüllen
ihre Not aus, wir aber erbarmen uns nicht.
Die Gräser zittern vor dem Fuß, der sie zertritt,
und kann sie Keiner bewahren.
Wer soll sich unser erbarmen?

Du fischkaltes fremdes Ding, ich kenne dich nicht,
ich habe dich nie gekannt.
Habe ich jemals einen Menschen gekannt?
Geh weg, dein Leib ist verwüstet, und was frommt es mir,
deine Seele zu lieben – ewiglich?
Geh weg, ich gebe dich dem Wasser zurück, das dich umschmiegt,
treib den Strom hinab wie etwas anderes,
ein Stück Borke vielleicht,
fühllos und ohne Not.
Geh weg, werd ein Leckerbissen für die Krebse und Aale,
damit diese ein Leckerbissen werden für die Tafel der Mörder.
Geh weg, versinke, und was dann noch von dir bleibt,
die ermordete Seele,
sie mag hinaustreiben, davontreiben, schaumspritzerleicht,
wohin kein Gedanke ihr folgt,
ins offene Meer.

Er hat die Leiche ins Wasser zurückgestoßen, setzt sich, unversteckt, auf die Böschung.

HOSTIENBÄCKER *erscheint in einiger Distanz, mit zwei Landsknechten* Da haben wir ihn erwischt, da hat er wieder ein Weib umgebracht und ins Wasser geschmissen. Er hat auch der Stadtregentin die Halsader durchbissen, der ist ein Lustmörder, ein Vampir, das kann man sehn, wer was davon versteht, an den Ohrläppchen und den Eckzähnen.

ERSTER LANDSKNECHT Ob er das wirklich ist? Er ist nicht versteckt und flieht nicht –

HOSTIENBÄCKER Seht ihr nicht das Gewand und die Pfeife?

ZWEITER Es heißt, er kann zaubern mit der Pfeife, daß man ein Wurm wird oder eine Ratte.

ERSTER Ich rühr sie nicht an.

ZWEITER Es heißt auch, wer ihn anrührt, dem wird die Hand gelähmt.

BUNTING *ist aufgestanden, streckt die Hände aus* Versucht es.

ERSTER Ach was, einen Finger kannst du riskieren.

Zweiter faßt vorsichtig Buntings Arm an, mit einem Finger.
Hast du was gespürt?

HOSTIENBÄCKER Hä, der kann gar nicht zaubern, das war nur ein Zigeunertrick.

ERSTER Dann aber draufgehaut. *Sie reißen ihm roh die Arme nach hinten, schlagen ihm ins Kreuz und auf den Kopf* Der ist ein ganz gewöhnlicher Saukerl wie du und ich. Fort mit ihm.

HOSTIENBÄCKER Mein Kopflohn! Ihr müßt mir beim Richter bezeugen, daß ich ihn verdiene, ganz allein.

ZWEITER Wieviel?

HOSTIENBÄCKER Hundert Gulden.

ERSTER Guck mal hinüber, übern Fluß.
Hostienbäcker dreht sich zum Fluß.
Zweiter tritt ihm in den Arsch, daß er hinabstürzt, verschwindet.
Fünfzig-fünfzig.

ZWEITER Abgemacht.

HOSTIENBÄCKER *schreiend* Hilfe! Ich kann nicht schwimmen!

ZWEITER Das lernt man rasch. Sauf erst mal ab, dann schwimmst du von selber.

XIX.

Das Hochgericht tagt auf dem Koppen, auch ›Calvari‹ genannt, dessen erhöhte Mitte vom Galgen beherrscht wird. An diesen ist eine dreizehnsprossige Leiter angelehnt. Der Strick mit der Schlinge hängt herab.

Der Richter und zwei stumme Beisitzer tragen rote, die anderen schwarze Roben, Gruelhot die Amtskette um den Hals. Außer ihm sind der Kämmerer, der Wachkommandant und der Ratsherr Scadelant zugegen.

GRUELHOT Du sagst, er antwortet nicht?

RICHTER Auf keine Frage. Selbst als wir ihm mit dem peinlichen Verhör drohten – und er weiß, was das heißt –, hat er geschwiegen und keine Miene verzogen. Nur auf die Frage, ob er geistlichen Beistand wünsche, hat er den Kopf geschüttelt.

GRUELHOT Das ist gut, sonst müßten wir den Dekan verständigen, der nach dem Abzug des Propstes allein die kirchliche Autorität vertritt, und der könnte das Verfahren hindern oder hinausschieben. Deshalb müssen wir uns beeilen.

RICHTER Es ist aber nicht gut, daß wir kein Geständnis haben, auf dessen Grund wir eine rechtskräftige Urkunde ausfertigen könnten.

GRUELHOT Ich halte trotzdem das peinliche Verfahren nicht für angebracht, eben der Umstände wegen, die uns zur Eile zwingen. Wir können das Schweigen des Angeklagten als Eingeständnis der Schuld betrachten, denn von Unschuld kann in diesem Fall keine Rede sein. Wie denkt der Ratsherr Scadelant darüber, der sich dem Gericht als advocatus erboten hat?

SCADELANT Schweigen kann alles bedeuten und ist nicht unbedingt als Schuldbekenntnis zu bewerten. Doch denke ich, daß ich hier keinem Unschuldigen das Wort rede. Zwar ist der Mord nicht erwiesen, und es könnte der Tod der hochgeborenen Stadtregentin auch durch geschwächte Gesundheit verursacht sein –

GRUELHOT *unterbrechend* Ich habe unter Eid ausgesagt und wiederhole die Aussage, daß ich meine Gemahlin in völliger Gesundheit und ohne jedes Anzeichen einer Schwäche verlassen habe.

SCADELANT Die Aussage ist protokolliert, und wir haben keinen Grund, sie zu bezweifeln. Dagegen steht die Aussage der Kammerfrau Elken van Lüde, daß die Verschiedene kurz vorher nach einem Kräutersaft verlangt hat, den sie regelmäßig gebrauchte und der ihr böswillig vorenthalten wurde.

RICHTER Dies betrifft nicht den Angeklagten, sondern die Henkerstochter, welche auf rätselhafte Weise verschwunden ist. Wir haben Verdachtsgründe, ihm auch dieses Verschwinden als Mordtat anzulasten.

SCADELANT Dafür besteht kein zulänglicher Beweis, und wir sollten diesen Fall bei der Urteilsbegründung ausschalten. Doch ist durch Aussagen von Überlebenden aus der hinteren Stadt erwiesen, daß der Angeklagte Aufruhr und Gewalttat gegen die Obrigkeit und die öffentliche Ordnung geplant hat. Wenn auch die Tat nicht zur Ausführung kam, so genügt die Absicht bereits zur Verhängung der Kapitalstrafe, gegen die ich ihn nicht verteidigen kann und will.
Andererseits hat der Beschuldigte, wenn auch mit dem sträflichen Mittel der Hexerei, unserer Stadt einen Dienst erwiesen, der uns zwar nicht zur Milde, aber doch zu einem gerechten Verfahren und der Gewährung einer bemessenen Gnade nötigt. Durch den Verzicht auf die Folter ist ihm diese bereits zuteil worden. Doch schlage ich vor, daß man ihm vor Vollstreckung des Urteils, gegen das die Verteidigung keinen Einspruch erheben kann, die Gelegenheit zu einem letzten Wort oder Bekenntnis zuerteilt.

RICHTER Der wird schweigen, so wie er bisher geschwiegen hat.

SCADELANT Ich habe gesprochen.

GRUELHOT Wir haben gehört. Es soll nach deinem Spruch gehandelt werden. Nun mag man den Angeklagten vorführen.
Richter gibt einen Wink. Die beiden Beisitzer entfernen sich.

SCADELANT *zu Gruelhot* Herr Stadtregent, es hat zwischen uns in der jüngsten Vergangenheit Mißverständnisse gegeben bezüglich der Rattenplage, die meine Stellungnahme zu deiner Funktion als Ankläger in keiner Weise belasten. Du hast über die Aufrührigen durch kluge Maßnahmen gesiegt und wirst nach der Entfernung des Propstes unserer Stadt wie kein anderer die politische und wirtschaftliche Unabhängigkeit sichern. Aus der Stadt wird ein Staat werden, und du bist der gewählte und berufene Regent. Ich bin ermächtigt, dich auch im Namen sämtlicher anderer Ratsherrn unseres vollen Vertrauens zu versichern. Ich habe das Amt eines Pflichtverteidigers nicht übernommen, um dich am Vollzug deiner gerechten Rache zu behindern.

GRUELHOT *ernst, ohne Verstellung* Ich danke dir und dem durch dich vertretenen Hohen Rat. Ich habe einen Schmerz erlitten, der durch Rache nicht gestillt werden kann, und ich dürste nicht danach. Doch sagt mir ein Gefühl, daß wir unserer neu gewonnenen Ordnung nicht sicher sind, solange dieser Mensch lebt. Er ist ein Hexer, und wir kennen nicht das Ausmaß seiner teuflischen Kräfte. Ich habe Angst um das Wohl unserer Kinder.

RICHTER Dies ist mehr als der Ausdruck einer inneren Stimme. Es ist die Stimme der Weisheit und des Rechtes. Dem soll unser Urteil entsprechen.
Der Bunting wird von den beiden Beisitzern und zwei gewöhnlichen Spießträgern der alten Stadtwache vorgeführt. Er ist nicht gefesselt und trägt seine gewohnte Kleidung. Ihnen folgt, mit einer Art Fleischerschürze und roter Kappe angetan und mit dem Handbeil als Zeichen seines Amtes, der Kleine Henker, nachdem die Beisitzer wieder an seine Seite getreten sind und der Bunting vor der Galgentreppe, der Kleine Henker daneben, Stellung bezogen haben Angeklagter. Du bist rechtsmäßig und gnädig vernommen worden, und du hast auf alle Fragen nach deinem Namen, deiner Herkunft und den Motiven deiner Taten geschwiegen. Wir haben Anlaß, dieses Schweigen als Schuldgeständnis zu betrachten. Doch fragen wir dich zum letzten Mal: Bekennst du dich schuldig oder nicht?

Bunting mit ruhiger, fast gleichgültiger Miene, schweigt.

So höre das Urteil, welches das Hohe Gericht einstimmig und nach Befragung des hier anwesenden advocati delinquentis gefällt hat.

Du bist schuldig befunden des gemeinen Mordes durch Anwendung schwarzer Magie, der Ausübung teuflischer Zauberkunst durch Blick, Wort und Flötenspiel, der Aufwiegelung des Volkes zu Rebellion und Gewalttat.

Du wirst kraft des Gesetzes verurteilt, am Halse aufgehängt zu werden bis zum Eintritt des Todes. Aus besonderer Gnade und als Entlohnung für deine der Stadt erwiesenen Dienste wird dir das ansonsten übliche vorherige Brechen der Arm- und Beinknochen sowie das Ausschneiden der Eingeweide erlassen.

Auch hat der Hohe Rat auf öffentliche Hinrichtung in Anwesenheit allen Volkes verzichtet, damit kein Bürger durch die der Hexerei eignende Macht des bösen Blickes an Leib oder Seele gefährdet und geschädigt werde, gegen welche sich die gerichtlich anwesenden Personen durch Gebet und Anrufung des Allerhöchsten gesichert glauben.

Bunting lacht kurz auf.

Hiermit erkläre ich das Urteil für gesprochen und füge die Formel bei, welche das Gericht bekräftigen möge: Sollte unser Richtspruch falsch sein und einen Unschuldigen treffen, so komme sein Blut über uns.

ALLE Es komme über uns.

RICHTER Ist von seiten des Gerichtshofs noch eine Frage zu stellen?

KÄMMERER Es ist die Frage der Beschlagnahmung des Eigentums, wie sie einer Hinrichtung vorauszugehen hat.

RICHTER Es ist bei dem Verurteilten nichts gefunden worden außer den Kleidern, die er auf dem Leibe trägt und die keinen Wert haben.

KÄMMERER Aber die Flöte. Sie könnte einen Kaufpreis erzielen.

RICHTER Sie war das Instrument der begangenen Verbrechen und mag mit unheilbringenden und dämonischen Eigenschaften behaftet sein.

BUNTING *tritt auf die untere Stufe der Leiter* Habe ich Anrecht auf einen letzten Wunsch?

GRUELHOT Er sei dir gewährt.

BUNTING Gebt mir die Flöte mit ins Grab, wo immer ihr mich verscharrt.

RICHTER Wird Einspruch erhoben?

KÄMMERER Kein Einspruch.

RICHTER So soll es geschehen. Henker! Feßle dem Verurteilten die Hände und führe ihn die dreizehn Sprossen hinauf. *Nimmt einen Holzstab aus dem Talar* Der oberste Gerichtsherr der Stadt möge den Stab brechen.

SCADELANT *hebt die Hand* Da ist noch die allgemeine Frage.

RICHTER Das ist eine Formsache, die sich bei einem Ausländischen erübrigt.

SCADELANT Es steht im Gesetz, und das muß befolgt werden.

GRUELHOT Verlies die Frage.

RICHTER *liest aus der Pergamentrolle, die er in Händen hält* »Sollte sich unter den Bürgern dieser Stadt eine standeswürdige Person finden, männlichen oder weiblichen Geschlechtes, welche gewillt ist, die Stellvertretung für den Verurteilten zu übernehmen und an seiner Statt vom Leben zum Tode befördert zu werden, so trete sie vor und begründe ihren Antrag.« *Schaut einmal kurz hin und her, reicht dann den Stab an Gruelhot.*

DER KLEINE HENKER *tritt vor, in demütiger Haltung, fällt in die Knie, beginnt das:*

»Große Lamento«

Meine Herrn, ich bin in meiner Nichtswürdigkeit
Mir bewußt wie kein andrer auf Erden,
Daraus kann auch nichts Beßres mehr werden,
An mir da ist nichts als Beschämlichkeit,
Denn ich habe viel Schlimmes und Arges gemacht,
Allerdings immer nur auf Befehl,
Habe Leiber geschunden und Beiner zerkracht
Und Glieder gezwackt und Leute geplackt –

Natürlich nie ohne Befehl.
Und ich habe mir gar nichts dabei gedacht,
Denn da war ja stets der Befehl – *Unter Tränen*
Ich habe ja niemandem wehtun wollen,
Es hat nur halt eben so sein müssen sollen.
Jetzt aber, da geht es mir fürchterlich ein,
Daß nicht alles ganz stimmt hier auf Erden
Und daß es sogar könnte besserer sein:
Statt zu henken, gehenkt zu werden!
Denn den da, den könnt' ich nicht zappeln sehn,
Möchte lieber für ihn auf die Leiter gehn,
Und wenn er das freundlicherweis für mich tut –
Bei mir hat er gelernt, er kann's schon ganz gut –,
Wär er leiblich gerettet und ich an der Seel.
Ich beschwör euch, ihr Herrn,
Ach, ich stürbe ja gern:
Bitte gebt, bitte gebt den Befehl!

GRUELHOT Kann ein Henker die Stellvertretung für das verurteilte Opfer übernehmen? Was sagt das Gesetz?

RICHTER *liest* »Der Henker lebt außerhalb des Stadtbannes, sein Handwerk ist nicht als ein ehrliches zu betrachten, und er besitzt keine bürgerlichen Rechte, kann also auch nicht an Handlungen des öffentlichen Gemeinwesens teilnehmen.«

GRUELHOT Damit wäre dieses lächerliche Lamento erledigt, es hat uns schon zu viel Zeit gekostet. Henker, walte deines Amtes.

Kleiner Henker erhebt sich schluchzend, tritt mit den Handfesseln zum Bunting.

SCADELANT Wir haben uns geeinigt, daß dem Verurteilten ein letztes Wort zugestanden wird.

GRUELHOT So mag er's kurz machen. Hast du noch etwas zu sagen?

BUNTING Ich will etwas sagen, ihr werdet mich nicht verstehn.
Ich nehme das Urteil an – aber nicht von euch.
Der mich verurteilt, ist APOLLO, der Mäuseherr, denn ich

habe die Flöte gespielt, ohne ein Gott zu sein. Drum muß ich geschunden werden. Ich habe seine Tiere vertilgt, die nicht wußten, was sie taten, statt eurer, die ihr wißt, was ihr tut.
Denn Wer gehört an diesen Galgen? Der den Armen beistehen wollte in ihrer Not oder der sie ermorden ließ und ihre Kinder verkaufte?
Ich aber kam zu spät, um einer Minute der Machtlust willen, und wer zu spät kommt, hat das Nachsehen – den Fluß hinunter. So ward ich schuldig am Tode einer Frau – aber nicht derer, die ihr meint.
Euer Urteil ist ungerecht, nun hab ich mein eignes gesprochen. *Zum Kleinen Henker* Es tut mir leid, Kleiner. Mach rasch. Du hättest dir einen anderen Beruf aussuchen sollen.

SCADELANT Hat einer von euch diese Worte verstanden?

GRUELHOT Er redet irre, aus Todesangst. Er sei erlöst. Ich breche den Stab seines Lebens. Henker, umarme dein Opfer nach altem Brauch, bevor du ihm die Schlinge um den Hals legst. *Zerbricht den Stab. Schon während der letzten Sätze hörte man aus der Ferne ein fortgesetztes leises Klopfen wie vom Aufschlag hölzerner Stöcke auf einer harten Straße. Jetzt, in eine plötzliche kurze Stille hinein, hört man es laut und deutlich: die Krückstöcke des Johannes, der eilig näherkommt. Gruelhot, während der Kleine Henker den Verurteilten umarmt und küßt* Was willst du hier? Bringst du ein Gnadengesuch des Dekans? Es ist zu spät. Das Urteil wird vollzogen.

JOHANNES Du kannst es nicht vollziehn, wenn du es nicht zugleich vollziehen willst an deinen eigenen Kindern.

GRUELHOT Ich verstehe dich nicht.

JOHANNES Du wirst verstehen. *Übergibt ihm einen Brief, ohne Umschlag.*

GRUELHOT Es ist die Schrift meines Sohnes Coelestin, ich kenne sie und seinen Namenszug – es ist das Pergament aus meiner Kanzlei, mit meinem Amtszeichen. *Starrt in den Brief.*

RICHTER Ist es dem Gericht erlaubt, den Inhalt zu erfahren?

GRUELHOT *schreiend* Nein! Nein! Nein! Sie sollen krepieren – alle! *Will das Blatt zerreißen, besinnt sich. Seine Hände zittern.*

JOHANNES Lies es ein zweites Mal. Ich bitte dich.

GRUELHOT Wie konnten sie wissen, daß das Gericht hier tagt? Es war geheim.

JOHANNES Im eigenen Hause ist es nicht schwer zu lauschen.

GRUELHOT Und wo sind sie? Wo sind die anderen, die sie bedrohn? Wo stecken die alle? Ich lasse dich foltern, wenn du den Ort nicht sagst!

JOHANNES Und nicht auf der Folter würde ich ihn sagen. Ich habe geschworen – bei Gott.

GRUELHOT Das gilt nicht, das ist Erpressung!

JOHANNES Ich habe geschworen.

GRUELHOT Wachkommandant! Ruf all deine Leute auf, man muß sie suchen, finden –

WACHKOMMANDANT Wen? Was? Ich bitte um Aufklärung.

GRUELHOT Und ich bitte um Vergebung für mein unbeherrschtes Wesen, ihr werdet's begreifen. Sie sind entführt worden, meine beiden Kinder, von einer Rotte Kinder, da müssen auch die euren dabei sein, sie sind in einem unbekannten Versteck, man hat sie als Geisel genommen –

JOHANNES Sie haben sich freiwillig dazu erboten. Jetzt sitzen ihnen die Schlachtermesser am Hals, welche die Tochter des Fleischers Steneken ihren stummen Knaben aus dem Schlachthaus stehlen ließ. Es ist blutiger Ernst. Wenn der, den sie lieben, nicht zu einer bestimmten Stunde bei ihnen ist, frei und heilen Leibes, so werden sie sterben

GRUELHOT Du hast gehört, Kommandant.

WACHKOMMANDANT Die Heide ist groß, es wird Abend, und es kommt Nebel auf.

GRUELHOT Du mußt sie finden!!

WACHKOMMANDANT Ich kann nicht zaubern. Ich habe keine Spur. Aber wir werden suchen. Du solltest den Knaben hängen lassen – mit dem Kerl da zusammen. *Geht.*

GRUELHOT *leise* Ich kann es nicht.

RICHTER Darf das Gericht erfahren, was noch in dem Briefe steht?

GRUELHOT Es steht, der Gefangene ist unschuldig, er hat niemals und nie jemanden behext, auch meine Frau nicht ermordet. Die Kinder, seine Schwester und er, sind schuldig am Tode ihrer Mutter, denn sie haben ihr – *Er zögert.*

RICHTER Gift gegeben?

GRUELHOT Nein. Die Wahrheit gesagt. Die Wahrheit. *Schweigt.*

RICHTER *nach einer Pause* Wie wirst du entscheiden?

GRUELHOT *zu Johannes* Nimm ihn. *Schlägt die Hände vors Gesicht. Johannes geht zum Bunting, löst die Hand des Kleinen Henkers von seinem Arm, den er noch hielt, wendet sich. Bunting steigt ruhig von der Leitersprosse, auf der er stand, geht mit Johannes, ohne sich umzudrehen. Man hört noch kurz den Krückenschlag des Johannes.*

RICHTER *kalt* Es scheint notwendig, daß dieser Vorgang geheim bleibt. Auch würde ich raten, den Wachkommandanten zurückzurufen. Die Suche könnte zu bösen Gerüchten Anlaß geben.

GRUELHOT *nimmt erst jetzt die Hände vom Gesicht* Hast du Kinder?

RICHTER Sechs. Warum fragst du?

GRUELHOT Sie könnten dabei sein. Bei den Verlorenen.

RICHTER Meine? Das glaube ich nicht.

GRUELHOT Ich hätte es auch von den meinen nicht geglaubt.

RICHTER Und warum glaubst du, sie seien verloren? Sie werden wiederkommen und ihre Tat bereuen.

GRUELHOT *fast tonlos* Die Wahrheit.

RICHTER Du hast den Entscheid gefällt, auf deine Verantwortung. Erlaubst du, daß der Gerichtshof sich zurückzieht? Der Dekan erwartet uns alle in der neugeweihten Kirche zur Vesperandacht des Festes Johanni et Pauli. Es ist der sechsundzwanzigste Junius.

GRUELHOT *macht eine Gebärde. Alle gehen, nach Verneigung vor ihm. Auch der Kleine Henker macht tiefen Bückling und geht. Allein, liest in dem Brief* »Nun weißt du die Wahrheit. Du aber, steig auf, auf der Leiter, die du dir aus Leichen gebaut hast. Steige auf zum Gipfel.« *Schaut auf den Galgen* Zum Gipfel. Es ist kein weiter Weg. Nur dreizehn Sprossen. erhängt sich

XX.

Im lichten Nebel des Sommerabends, der die Kontur der Gestalten eher verschärft als verhüllt, schreiten der Bunting und Johannes rasch aus.

BUNTING Geh ich zu schnell?

JOHANNES Nein, wir müssen eilen.

BUNTING Aber es wird dir schwer. Du kommst nicht mit.

JOHANNES Ich komme mit, ich will mitkommen, wohin du auch gehst.

BUNTING Das wünsche dir nicht.

JOHANNES Da sind schon die Ebereschen. Wie Gerippe im Nebel.

BUNTING *bleibt stehen, stützt Johannes* Komm, setz dich nieder und ruh dich aus. Hier neben mich auf den Stein.

JOHANNES Glaubst du nicht, daß man uns folgt?

BUNTING Nein. Der Mann hat aufgegeben. Ich sah sein Gesicht, bevor er es mit den Händen bedeckte. Der verfolgt keinen mehr. Und die anderen beten.

JOHANNES Auch wir sollten beten. Zum Dank.

BUNTING Dir hab ich zu danken. Und den beiden, die dich geschickt haben. Aber ich danke nicht.

JOHANNES Nicht für das Leben? Die Freiheit?

BUNTING Ach, die Freiheit. Ich bin mit ihr verheiratet, seit langer Zeit, aber es ist nie eine glückliche Ehe geworden. Unterrichtet euch der Dekan in Musik?

JOHANNES Im einfachen Tonsatz.

BUNTING So weißt du, was eine Tonleiter ist. *Nimmt die Flöte, spielt eine Tonleiter bis zum zweitletzten Ton* Hörst du? So komm ich mir vor – wie eine Tonleiter, die ein Stümper nicht zu Ende spielen kann. Da fehlt noch ein Ton – und nun heißt es, von vorne anfangen. *Steckt die Flöte weg.*

JOHANNES Du bist noch jung.

BUNTING *lacht* Ich war schon alt, bevor ich jung wurde, dann hält man sich lange. Ob man will oder nicht. Ich hatte das Urteil angenommen.

JOHANNES Du warst unschuldig.

BUNTING Was weißt du von Schuld und Unschuld. Kannst du jetzt wieder gehn?

JOHANNES Leicht, ohne Mühe. *Steht auf* Nur manchmal, wenn es rasch geht und weit, tragen die Krücken mich nicht.

BUNTING Dann geh dorthin, zum Versteck bei der Mauer, und schick mir die beiden hierher, die sich opfern wollten.

JOHANNES Willst du nicht selbst mitkommen? Sie warten dort alle.

BUNTING Erst nur die beiden. Ich mag da nicht mehr hin an diesen Ort – bei dem weißen Machandel. Ich gebe euch dann ein Zeichen mit der Flöte, wenn auch die anderen kommen sollen. Es ist nicht weit, ihr werdet es hören.

Johannes geht. Bunting bleibt sitzen, stützt das Kinn in die Hand. Nach einer Weile, in der er zu lauschen scheint.

Ja, ich höre dich. »Du bist zum Herrscher geboren...« Aber weißt du, Rikke, ich will kein Volk beherrschen, das verwelkt und verrottet ist. Doch es könnte mir einfallen – wenn sie nicht von mir lassen –, es könnte mir einfallen, ein neues Volk zu machen, das von der Wurzel anfängt – ein neues Geschlecht – *Er lächelt, als höre er eine Antwort.*

Coelestin und Stellamarie kommen gelaufen. Stellamarie macht eine Bewegung, als wolle sie ihn umarmen. Bunting bleibt sitzen, hebt die Hand. Beide stehen vor ihm, atemlos.

Was habt ihr gemacht? Seid ihr närrisch?

COELESTIN Zürnst du uns?

BUNTING Ja! Ihr seid nicht reif zum Sterben, und ich liebe keine Opfer. Das hättet ihr wissen müssen.

COELESTIN Auch wenn's um dein Leben geht?

BUNTING Das ist m e i n Leben, nicht eures.

STELLAMARIE Aber wir sind nicht gestorben, und du bist frei!

BUNTING Dann klopft euch selbst auf die Schulter und sagt: Was sind wir für Helden gewesen, und beinah wären wir Märtyrer geworden, dann hätte man uns heiliggesprochen. Ein schönes Gefühl.

COELESTIN *senkt den Kopf* Wir fühlen nichts dergleichen.

BUNTING Nun, dann wieder Kopf hoch, ihr könnt lachen. Über euch, über mich. Ich habe euch verziehen. Ich habe mir selbst verziehen, denn auch ich wollte sterben, und das gehört sich nicht.

STELLAMARIE Dann dürfen wir bei dir bleiben, und du wirst mit uns ziehn!

BUNTING Da hab ich euch! Ihr wolltet mich loskriegen, damit ich euch gehöre! Aber die Sache kommt umgekehrt. Ihr gehört mir.

STELLAMARIE Das ist das gleiche.

BUNTING Das ist nicht das gleiche. Ihr wißt nicht, was ihr wollt – aber ich kenne meinen Willen.

STELLAMARIE Wir wollen nur eines – daß du uns führst.

BUNTING Wohin?

STELLAMARIE In die Freiheit.

BUNTING Bist du so sicher? Ich könnte euch stracks in die Knechtschaft führen. Die Ritter sind noch nicht weit, mit den Verkauften – wenn wir uns sputen, holen wir sie ein.

COELESTIN Du könntest uns – verkaufen?

BUNTING Wer weiß. Die zahlen ein Goldstück pro Kopf. Wie viele seid ihr da hinten? *Da Coelestin schweigt* Antworte!

COELESTIN Etwa hundert aus der vorderen Stadt, alle Kinder der Reichen, und noch dreißig von den Elenden, deren Väter verschleppt und die Mütter erschlagen wurden.

BUNTING Gut, je mehr, desto besser, und die Armen werden die brauchbarsten sein. Hundertunddreißig, beiderlei Geschlechts, das ist der Grundstock zu einem Volk.

STELLAMARIE Was für ein Volk, wenn wir Sklaven sind?

BUNTING Ihr braucht keine zu werden, ihr habt freie Wahl. Noch könnt ihr zurück in die Stadt, und wenn ihr bereut und Buße tut, so wird euch alles verziehen, und ihr könnt weiterläppern wie zuvor. Ich halte euch nicht.

COELESTIN Das wird keiner von uns – was immer du mit uns tust. Diese Stadt stinkt nach Blut und verkohlten Leichen.

BUNTING Ihr könnt heranwachsen und eine neue draus machen.

COELESTIN Nicht wo der Boden versumpft ist bis in den tiefsten Grund. Hier wird uns das Grauen lähmen – alle Zeit.

BUNTING Und wenn ich euch einfach verlasse? Ihr könnt mich nicht halten, mich hat noch niemand gehalten.

STELLAMARIE Dann würden wir auch davongehn, irgendwohin, in die Irre – lieber ins tiefste Elend als ohne dich.

BUNTING Ich habe euch geprüft, jetzt will ich die anderen prüfen. Aber eins dürft ihr wissen, ihr beide, bevor ich sie rufe.

COELESTIN Du wirst uns nicht verkaufen?!

BUNTING Ich brauche die blutigen Goldstücke nicht.

Er nimmt die Flöte hoch, läßt einen lauten Ruf hören, es ist bereits das ›Tioti – Tioti – Tiotix‹ des späteren Liedes.

Coelestin und Stellamarie halten sich umschlungen. Von den schattenhaften Ebereschen her kommen, selber schattenhaft, alle, die dort versammelt waren. Johannes führt sie an.

STINA *an der Hand des tauben Hinrich, den sie zerrt, sie hält die beiden Schlachtermesser in der Hand. Fast irre* Lucifer – führ uns ins Licht – mach mich sehen!

BUNTING Halt's Maul. Wirf die Messer hin.

Stina läßt die Messer fallen. Bunting hebt sie auf, prüft die Schneiden Die lassen sich brauchen, wenn man zum Beispiel ein Schwein gestohlen hat. Bleibt, wo ihr seid – und steht mir Rede.

Die Jungen stehen in einem weiten Halbkreis. Der Nebel verdichtet sich.

Ihr wollt mit mir ziehen, aus eurem freien Entschluß?

ALLE Wir wollen.

BUNTING Auch wenn ihr wißt, daß ihr das Herz eurer Mütter zerfleischt und euren Vätern die Leber?

ALLE Wir wollen.

BUNTING Und wenn ihr wißt, daß ihr euch durch einen Berg von Schnecken und Würmern fressen müßt und euern eigenen Mist verschlingen?

ALLE Wir wollen.

BUNTING Dann hockt euch hin. Ihr sollt wissen, was euch bevorsteht. Zuerst ziehn wir nach Norden durch das große Moor, der Nebel hilft uns, ohne Spur zu verschwinden. Es ist ein gefährlicher Weg, nur einen Fuß breit, und wer ihn verfehlt, wird versinken. Dann geht es ostwärts, durch die Heide, in der es Ödhöfe und Siedlungen gibt, da müssen wir uns teilen, jeder für sich, um bei den Bauern zu betteln – oder zu stehlen bei den Reichen, denn die geben nichts. Ich werde euch immer einen Ort bezeichnen, an dem wir wieder zusammenfinden, ich kenne diese Wege. Wenn es durch die Wälder geht, werdet ihr lernen, von Beeren und Pilzen zu leben oder Schlingen zu legen für allerlei Getier; und wenn es Winter wird, müßt ihr lernen, in Ställen und Heuschobern Wärme zu suchen bei Nacht und in Räucherkammern einzubrechen – ja, wir müssen auch rauben, denn mit sauberen Händen kommen wir nicht ans Ziel. Das aber ist erst der Anfang.

JOHANNES Und gibt es ein Ziel? Ein Ende?

BUNTING Es gibt ein Land, hinter den sieben Bergen, es heißt auch danach, denn es ist kein Märchenland. Dort hat es fette Krume, Holz und Wasser genug, und keinen Ordensherrn oder Vogt, dem man fronen und zinsen muß. Nur die Erde: Die aber ist unerbittlich.

JOHANNES Wie fern liegt das Land von hier?

BUNTING Es ist ein weiter Weg, nach Süden und Osten, und nicht alle werden ankommen. Es wird lange Zeit brauchen, ein paar Jahre vielleicht. Wir müssen drei breite Flüsse überqueren, aber nicht auf den Stadtbrücken. Wir werden uns Werkzeuge beschaffen und Flöße bauen aus Baumstämmen und Weidengeflecht oder hinüberschwimmen. Dann heißt es Schleichwege suchen, Zigeunerpfade, um aus dem Bereich der Kaiserlichen fortzukommen, und schließlich über die Berge, ohne Weg und Steg. Wer dann noch lebt, der hat leben gelernt. Wollt ihr noch immer mit?

JOHANNES Wir wollen.

ALLE ANDEREN Wir wollen!

BUNTING Dann kommt und fürchtet euch nicht. *Steht auf, hebt die Flöte, beginnt.*

»Das Lied vom geschlagenen Mann«

Aus dieser Stadt vertrieben,
In der ich nicht viel Gutes fand,
Nur eine Seel' zum Lieben,
Die mir wie Tau vom Grase schwand –
Was ist mir nun geblieben?
Als Bettler ziehn wir über Land
Gleich Räubern und gleich Dieben,
Ist uns ein Zeichen eingebrannt,
Dem wir uns frei verschrieben –
Tioti – Tioti – Tiotix!

Die andern wiederholen das Tioti, während sie im Nebel dahinziehn, am Ende Stina mit dem widerstrebenden Tauben und der lahme Johannes.

Aus dieser Stadt entkommen
In der ich unterm Galgen stand,
Hab ich euch mitgenommen,
Die ich wie Dreck am Wege fand –
Wo kann ich euch hinführen?
Auf Erden ist kein Paradies,
Und wenn euch einer eins verhieß,
So er's vergessen hätte –
Erst kommt die Schädelstätte –
Ihr werdet's bald verspüren!

Tioti – Tioti – Tiotix!

Wir werden oft uns trennen,
Denn ein Stromer geht besser allein.
Doch müßt ihr erst wissen und kennen,
Was es heißt, ein Stromer zu sein.
Da hilft kein Plärren und Flennen,
Kein Jammern und Litanein,
Da heißt es: Laufen und Rennen –
Denn die Greifer sind stets hinterdrein –

Und der Flinke, der Schnellere sein.
Wenn die Därme vor Hunger brennen,
Da läuft sich's von ganz allein.

Tioti – Tioti – Tiotix!

Wenn ihr in Gossen lungert,
So sagt euch: nur zum Spaß!
Und wenn ihr greint: mich hungert,
Dann sag ich: stehlt euch was!
Wenn euch die Stürme treiben,
So wird euch warm vom Gehn,
Und wird einer am Wege bleiben,
So bleibt die Welt nicht stehn.

Tioti – Tioti – Tiotix!

Der Mensch auf seiner Erde
Ist allen Tieren blutsverwandt,
Doch daß er Mensch erst werde,
Ist mit dem Namen er benannt,
Und hat sich selbst darin erkannt –
Sonst wär'n wir stumpfe Herde,
Und wär' nur dumpfes Leben.
Der Mann, der keinen Namen hat,
Ist immer umgetrieben,
Doch steht auch ihm an letzter Statt
Ein letztes Wort geschrieben.
Wenn sich die Schleier heben.
Tioti – Tioti – Tiotix.

Sie verschwinden im Nebel.

XXI.

Studierstube des Dekan Ludger. Helles Kerzenlicht. Ludger steht am Pult, vor ihm ist Johannes, halb kniend, halb liegend, zusammengebrochen, die Krücken sind ihm entfallen.

Beim Eingang die Kammerfrau Elken.

LUDGER Am Koppen, sagst du?

ELKEN Dort muß es gewesen sein, aber es sah alles anders aus. Ich war allein – die Kinder waren verschwunden, auch Johannes –, ich wußte nur, daß man geheimes Hochgericht hält da draußen, ich dachte, vielleicht sind sie hingelaufen und müssen das Arge mitansehn – da ging ich sie suchen – und dann – da hab ich's gesehen.

LUDGER Was hast du gesehn?

ELKEN Der Koppen war wie ein schwarzer Berg im Nebel, höher als er ist, der Galgen stand in die Wolken, daran hing einer, ich glaubte, es sei der, den sie verurteilt haben, doch ich schaute nicht hin, denn zu gleicher Zeit sah ich viele Gestalten wegziehen, große und kleinere, ich sah sie in der Ferne, schattenhaft, sonst sah ich nichts, aber ich hörte – wie ein Gezirpe, von Grillen oder Vögeln, schon weit, ein Singen aus vielen Kehlen, doch konnte nichts verstehn, da war mir, als tue ein tiefer Schacht sich auf, an der Wurzel des Berges, ich konnte den Zug nicht mehr erkennen, der darin verschwand, auch nichts mehr hören – nur ein Wimmern und Stöhnen in der Nähe. Als ich dem nachging, fand ich das blinde Mädchen, das nicht mehr bei Sinnen war, nur sabbernd lallte, und den tauben Knaben, der am Boden saß – dann aber, noch weiter fort, hörte ich das schwache Stoßen seiner Krücken, mühsam humpelnd, ohne Kraft, doch ohne Einhalt, das war mein Sohn, Johannes. Er sagte nichts, kein Wort, als ich ihn in die Arme nahm. Da habe ich dem Tauben Zeichen gemacht, das Mädchen fortzutragen in ihr Heim, und Johannes gestützt, der nicht sprach und keine Antwort gab, auf keine Frage. So hab ich ihn hergebracht. Was soll ich tun?

LUDGER Laß ihn hier. Zu mir wird er sprechen.

ELKEN Ist er nicht krank und braucht Pflege?

LUDGER Er lebt – und wird gesunden. Er braucht nur das Wort. Geh jetzt, sei unbesorgt, ich lasse dich rufen. Pax Domini tecum.

Elken geht. Ludger hilft Johannes auf einen Schemel, schiebt ihm die Krücken unter die Arme, setzt sich neben ihn. Johannes beugt sich plötzlich auf seine Hand, küßt sie, wie um Verzeihung bittend.

LUDGER *hebt seinen Kopf hoch* Du hast gehört, was deine Mutter erzählt hat. War das so, wie sie sagte?

JOHANNES Nein. Ihre Angst hat das gesehen. Da war kein Berg, und da war kein Schacht, und da tat sich die Erde nicht auf. Da war nur der Nebel, in dem sie verschwunden sind mit raschem Schritt, und sie haben gesungen – gesungen – *Lauscht* mir ist, ich höre sie noch.

LUDGER Es war der Flötenspieler, mit allen Kindern der Stadt?

JOHANNES So war es.

LUDGER Und du? Was hast du dort getan, was wolltest du dort? Wolltest du sie zurückholen – retten?

JOHANNES *schweigt, dann in plötzlichem Ausbruch* Ich wollte mit! Und wäre mit ihm gezogen, bis ans Ende der Welt, wohin er uns führen würde, sogar zum Bösen. Es war nur meine Lahmheit, sonst wär ich nicht mehr hier.

LUDGER Du wolltest mit ihm ziehn, aus freiem Willen? Nicht unter einem Zwang?

Johannes schüttelt den Kopf.

Und kannst du sagen, warum?

JOHANNES Ich weiß nicht. Vielleicht zum Sterben.

LUDGER *streicht ihm übern Kopf* Sag, liebst du deine Mutter?

JOHANNES *fast erschreckt* Ich habe nie darüber nachgedacht und nie daran gezweifelt, ich hielt es für natürlich. Aber jetzt –

LUDGER Sprich weiter.

JOHANNES Ich kann nicht mehr mit ihr leben.

LUDGER Ich weiß. Du bist ihrem Schoß entwachsen und gereift über deine Jahre. Willst du bei mir bleiben?

JOHANNES Ich weiß nicht, ob ich noch beten kann.

LUDGER Jeder kann beten – durch die Tat. Und es gibt viel zu tun. Die Stadt ist geschlagen, an der Erstgeburt, und führerlos. Da heißt es Trost zu spenden, Rat zu geben. Ich bin der Letzte, der hier noch Stand und Amt besitzt, und ich bin neunzig. Du wirst mir helfen.

JOHANNES Mit meiner schwachen Kraft?

LUDGER Die Kraft ist immer da, wenn wir sie brauchen.

Johannes richtet sich auf seinen Krücken hoch auf. Ludger hebt segnend die Hände über ihn. Sie gehen.

Stoff und Quellen

Wie kommt ein Dramatiker zu einem Stoff? Nicht, indem er ihn sucht – dann würde er niemals den richtigen finden. Der Stoff muß ihm zufallen, durch irgendeinen Anstoß, der an sich also »zufällig« ist und doch der Gesetzlichkeit einer Lebensarbeit entspricht.

Den Anstoß zum ›Rattenfänger‹ erhielt ich vor zehn Jahren, als ich in einem Sanatorium am Tegernsee mit einem angesehenen Bürger, Verleger und Zeitungsbesitzer aus Hameln zusammentraf. Dieser, Herr Günther Niemeyer, erzählte mir von den alljährlichen »Rattenfängerspielen«, hauptsächlich von Kindern bestritten, in seiner Heimatstadt, und fragte mich, ob ich nicht Lust hätte, ein solches Schauspiel, auf der alten Sage gegründet, als eine Art von »Hamelner Festspiel« zu schreiben. Nun bin ich kein ausgesprochener Festspielautor und halte nicht viel von Freilufttheater, bei dem man vom Wetter abhängig ist. Aber ein Funke hatte da gezündet, und ich beschloß, im nächsten Frühjahr eine Lesung in Hameln anzunehmen, um die Stadt kennenzulernen.

Dort, in Hameln, einer der reizvollsten Städte Deutschlands, kam mir das Büchlein von Heinrich Spanuth* in die Hand, in dem dieser den Quellen und Ursprüngen der Rattenfängersage und der Vielfalt ihrer Abwandlung und Umformung in der Literatur mit wissenschaftlicher Gründlichkeit nachgeht. Ich habe dann im Lauf der Jahre, bevor ich mich endgültig zur dramatischen Behandlung der Fabel entschloß, viele andere Schriften kennengelernt, in denen versucht wird, historische Grundlagen für die Entstehung der Sage aufzudecken (z. B. die Broschüre von Lotte Weinerth ›Was hat die Rattenfängersage von Hameln mit Olmütz zu tun?‹ und andere mehr). Das anregendste Motiv

* ›Der Rattenfänger von Hameln‹ von Heinrich Spanuth (Verlag C. W. Niemeyer, Hameln)

für den Dramatiker besteht aber gerade darin, daß es eindeutige historische Grundlagen für den Stoff nicht gibt. Jeder Historiker ist da auf Kombinationen angewiesen, und die dramatische Phantasie ist durch keine Fakten oder Überlieferungen eingeengt.

Das einzige Dokument, das den Kinderauszug bestätigt, ist die berühmte Inschrift am sogenannten »Rattenfängerhaus«, die in Spruchform besagt, daß am 26. Juni 1284 von einem »piper mit allerley Farve bekledet« hundertunddreißig Kinder hinweggeführt worden sind, »in Hameln geboren, bei Calvari unter dem Koppen verloren«. Der »Koppen« ist eine mäßige Bodenerhöhung außerhalb der Stadt, die wohl einst als Richtstätte diente, aber in keiner Weise als Berg bezeichnet werden kann, in dem ein märchenhafter Kinderzug verschwinden könnte.

Diese Inschrift ist also die einzige Urkunde, die auf den Vorfall hinweist und vermutlich zur Zeit des Geschehnisses oder kurz danach verfaßt wurde. Alles andere, die Rattenplage, die Kennzeichnung jenes bunt gekleideten Pfeifers als »Rattenfänger«, das Motiv des ihm vorenthaltenen Lohnes und der Kinderentführung aus Rache sind erst viel später, zum Teil nach Jahrhunderten, in den volkstümlichen wie in den literarischen Abwandlungen der Sage aufgetaucht. Solche Abwandlungen gibt es in unwahrscheinlicher Vielzahl. Kaum irgendeine Sage hat in solcher Weise die Gemüter erregt und zur literarischen Gestaltung herausgefordert wie das Geheimnis der verschwundenen Kinder von Hameln. In dem Büchlein von Heinrich Spanuth sind wohl die meisten, gewiß alle wichtigen, aufgezählt, und es findet sich darin alles, was man über vorhandene und aufgefundene Dokumente und Handschriften wissen kann. Gleichzeitig umreißt Spanuths Publikation in knapper, klarer Weise die historische Situation im auslaufenden 13. Jahrhundert und die besonderen Umstände der Stadt Hameln, welche in dieser Zeit ein Zentrum des Getreidehandels war und vor allem die Hansestädte, besonders Bremen, auf dem Wasserweg belieferte. Bei Spanuth findet sich auch bereits die Vermutung über eine soziale Spannung zwischen der wohlbestallten Bürgerschaft innerhalb der Mauern und einem sich vor der Stadt allmählich anhäufenden Lumpenproletariat. Ebenso die Möglichkeit einer Fortführung bestimmter Volksteile durch Werber aus dem Osten, wobei es allerdings für einen Verkauf oder Menschenhandel keinerlei Beweise gibt, ebensowenig wie für den Verbleib der verschwundenen Kinder etwa in Mähren oder im Bistum Olmütz.

Daß diese Kinder die ersten Besiedler des deutschsprachigen Siebenbürgen wurden, ist nur eine der vielen Märchenversionen und entbehrt jeder Beweiskraft. Mir hat sie einfach gefallen.

Zürich, im Dezember 1974 Carl Zuckmayer